本书系湖南省社科基金项目"生态翻译学视角下柳宗元文化英译研究"（20YBX005）、湖南省教育厅科学研究项目"柳宗元文学话语识解及其英译研究"（21C0704）、永州市科技创新项目"生态翻译理论下城市旅游宣传片英译研究"（永财企指〔2017〕15号）阶段性成果

本书获湖南科技学院应用特色学科建设项目资助

生态翻译学下文学翻译的适应选择与实践研究

张文君◎著

吉林人民出版社

图书在版编目(CIP)数据

生态翻译学下文学翻译的适应选择与实践研究 / 张文君著 . -- 长春 : 吉林人民出版社 , 2023.11
　　ISBN 978-7-206-20529-3

　　Ⅰ . ①生… Ⅱ . ①张… Ⅲ . ①文学翻译 – 研究 Ⅳ .
① I046

中国国家版本馆 CIP 数据核字 (2023) 第 228085 号

生态翻译学下文学翻译的适应选择与实践研究
SHENGTAI FANYIXUE XIA WENXUE FANYI DE SHIYING XUANZE YU SHIJIAN YANJIU

著　　者：张文君
责任编辑：门雄甲　　　　　　　　封面设计：李　君
吉林人民出版社出版 发行（长春市人民大街 7548 号） 邮政编码：130022
印　　刷：河北万卷印刷有限公司
开　　本：710mm × 1000mm　　　　1/16
印　　张：13　　　　　　　　　　　字　　数：200 千字
标准书号：ISBN 978-7-206-20529-3
版　　次：2023 年 11 月第 1 版　　　印　　次：2024 年 1 月第 1 次印刷
定　　价：88.00 元

如发现印装质量问题，影响阅读，请与出版社联系调换。

前　言

　　生态翻译学从生态学的视角出发，着眼于生态翻译系统的整体性，对文学翻译的定义、性质、原则、方法和主客体等做出描述和诠释。生态翻译学认为，翻译是译者适应翻译生态环境的选择活动，翻译过程是译者"适应"与译者"选择"的交替循环过程，翻译原则是多维度的选择性适应与适应性选择，翻译方法是语言维、交际维、文化维的转换，主要取决于多维度转换程度、译者素质，整体适应选择度最高的翻译为最佳翻译。

　　文学翻译是以译作形式存在于目标语文学中的一种特殊文学类型。我们平常阅读的大部分外国文学作品，基本都是外国文学作品的译作，严格意义上说都属于文学翻译。文学翻译发挥着极其重要的社会、文化和文学功能，它能带来新思想、新观念，对于文学的现代性也是一股巨大的推动力。

　　本书共分为七章。其中，第一章为生态翻译学概述，论述了生态翻译学的内涵、理论和研究对象。第二章为文学翻译概述，论述了文学翻译的定义、特点以及标准。第三章为文学翻译的生态环境，论述了各种环境下的文学翻译。第四章为文学翻译中的译者责任，主要对文学翻译中译者的适应、选择以及应具备的素质展开描述。第五章为文学翻译的多维转换，主要论述了文学翻译中语言维的转换、文化维的转换及交际维的转换。第六章为生态翻译视角下柳宗元文学作品英译案例研析，主要从柳宗元文学作品英译案例方面展开论述。第七章为生态翻译与文学翻译的可持续发展，主要论述了可持续发展、生态翻译的可持续发展、文学翻译生态系统本体功能与社会功能结合的具体应用。

　　本书逻辑框架清晰，条理分明，语言精练，结构布局合理，内容涵盖面较广，并且在撰写过程中将内容与图示有机结合，使得内容简明易懂。鉴于笔者水平和经验有限，书中难免出现疏漏或不当之处，恳请广大读者予以批评指正，以便今后进一步修改和完善。

目 录

第一章 生态翻译学概述 ·· 001

  第一节 生态翻译学的内涵与理论基础 ····························· 003

  第二节 生态翻译学的研究对象与方法 ····························· 011

  第三节 生态翻译学中的"生态" ······································ 019

第二章 文学翻译概述 ·· 023

  第一节 文学翻译的定义与性质 ······································ 025

  第二节 文学翻译的标准、原则与过程 ····························· 035

  第三节 文学翻译的特点与功能 ······································ 054

  第四节 文学翻译中的主体与客体 ··································· 057

  第五节 不同翻译理论下的文学翻译 ································ 064

第三章 文学翻译的生态环境 ·· 077

  第一节 文学翻译的生态环境概述 ··································· 079

  第二节 文学翻译的社会环境 ··· 088

第四章 文学翻译中的译者 ··· 093

  第一节 文学翻译中译者的翻译适应 ································ 095

第二节　文学翻译中译者的翻译选择 …………………………… 099

　　第三节　文学翻译中译者的翻译素质 …………………………… 108

第五章　文学翻译的多维转换 …………………………………………… 123

　　第一节　文学翻译中语言维度的转换 …………………………… 126

　　第二节　文学翻译中文化维度的转换 …………………………… 132

　　第三节　文学翻译中交际维度的转换 …………………………… 136

第六章　生态翻译视角下柳宗元文学作品英译案例研析 ……………… 139

　　第一节　柳宗元的山水游记及其译介 …………………………… 141

　　第二节　山水游记"永州八记"英译中的适应与选择 ………… 143

第七章　生态翻译与文学翻译的可持续发展 …………………………… 171

　　第一节　可持续发展概述 ………………………………………… 173

　　第二节　生态翻译的可持续发展 ………………………………… 177

　　第三节　文学翻译生态系统的可持续发展 ……………………… 184

参考文献 …………………………………………………………………… 193

第一章　生态翻译学概述

第一节 生态翻译学的内涵与理论基础

一、生态翻译学的内涵

生态翻译学（eco-translatology）始于2001年，是由中国学者胡庚申首次提出并自主研究创建的翻译理论话语体系或研究范式。生态翻译学是一种生态学视角的翻译观，或者说是一种生态学的翻译研究途径，是一种跨学科的交叉性翻译理论。"生态"原指生物存在的状态，现指世界万物和谐相处的状态。"生态学"强调相互关联、相互作用的整体性。"翻译学"是研究翻译的规律和艺术的学科。翻译研究者从生态学研究中获得启发，把生态学中的重要概念和术语借用到翻译研究中来，取生态之要义，喻翻译之整体，强调翻译的适应与选择，用生态学术语来隐喻、类比翻译研究中的重要命题。生态翻译学着眼于翻译生态的整体性，从翻译生态环境的视角解读翻译过程，描述译者与翻译生态环境之间的关系，关注译者的生存境遇和翻译能力的发展。翻译生态环境指的是原文、源语和译语所呈现的世界，即语言、交际、文化、社会以及作者、读者、委托者等互联互动的整体。生态翻译学关注译者与翻译相关环境中诸因素相互关系的研究，试图以新的理论视角对翻译的根本性问题，如翻译的本质、过程、标准、原则和方法等做出描述和解释。在"翻译即适应与选择"的主题概念下，生态翻译学着重强调以译者为中心，强调翻译是译者适应翻译生态环境并进行选择的过程。

关于翻译理论研究的系统而有力的论述一直以来都是我们中国翻译学者面临的难题，其原因是我们缺乏自主的、创新的、具有活力的话语系统。我们不应该仅仅停留在"译介"和"转述"的层面，而是要构建原创的、具有自主知识产权的且能够"走出去"的话语系统。生态翻译研究源自东方，它有效地补充和丰富了西方传统翻译理论。在生态翻译学创立与发展的十多年中，其理论研究和应用研究成果不断丰富，围绕生态翻译的学术活动逐渐展开。

二、生态翻译学的理论基础

（一）生态整体主义

生态整体主义（ecological holism）的核心思想是把生态系统的整体利益作为最高价值，而不是把人类的利益作为最高价值，把是否有利于维持和保护生态系统的完整、和谐、稳定、平衡和持续存在作为衡量一切事物的根本尺度，作为评判人类生活方式、科技进步、经济增长和社会发展的终极标准。

由于生态学是基于整体主义的科学，其研究方法强调相互关联、相互作用的整体性。生态学的整体观又是当代生态理论的核心观念，所以无论把生态翻译学理解为一种生态学途径的翻译研究，还是生态学视角的翻译研究，以生态学的整体观作为方法论进行整体性研究都是生态翻译学研究的重要指导思想，对翻译生态系统的综合性论证与整合性研究都是生态翻译学研究的重要内容。从这个意义上可以说，生态翻译学又是一个隐喻类比、综观透视和整合一体的翻译研究路径。

生态翻译学认为，翻译是一个整合一体、和谐统一的系统。由于系统内各个组成部分之间的相互作用，系统成为一个统一的整体。这个整体所表现出来的功能不等于各个组成部分功能的简单相加，而是大于各个组成部分功能之和。这种整合一体的、"牵一发而动全身"的特征可以充分说明，一种生态行为的产生会受到全局性的多因素的影响，这就是整体效应的体现。

翻译生态系统是涉及社会、交际、文化性、语言等诸多方面的系统。

生态系统不仅具有一定的空间结构、时间变化和自动调控功能，而且具有开放性。我们可以仿照生态系统的定义，把生态翻译系统定义为在一定的时间和空间范围内，语言与语言之间、翻译要素与非翻译要素（如社会、交际、文化等）之间，通过不断的物质循环和能量流动形成的相互作用、相互依存的一个翻译学功能单位。我们也可以把翻译生态系统狭义地理解为"翻译的环境研究中的外部控制与语言内部控制"机制的协调发展，进而把它放到一个更宽广的视野中进行讨论，一切与翻译发生联系的活动都可以纳入这个系统加以考察。翻译史研究也表明，无论是译者个人或一个民族或历史时期翻译标准的形成，还是译者翻译材料、翻译策略的选择或一个民族翻译思想传统的形成，无论是在某一特定历史时期翻译的整体特征或翻译政策的制定，还是翻译所产生的历史作用等，都不是孤立存在的，都有必要从翻译生态环境的视角进行整体的综观与审视。

总之，基于生态学视角的翻译研究强调"整体综合"思想，其整体观着眼于翻译生态系统及其内部结构的整体性研究。这种"整体综合"的生态翻译学观念，既有利于整体的翻译生态系统中的相关元素形成互利共进的关系以及整体和谐的生态美，又必然会影响到翻译理论研究，使不同翻译论理念在形成和发展过程中相互借鉴、嫁接、适应、渗透、交锋、替代、演变，经过古今中外的比较与综合，最终走向"多元统一"和"整合一体"。

（二）东方生态智慧

通常而言，一提到东方，人们首先想到的便是中国，东方文化的核心也是以中华传统文化为主的观念与思想。中国翻译界学者首倡生态翻译学观念，其关键在于中国有着可资借鉴的、丰富的古代生态智慧。这些生态智慧具体如下：

（1）中国文化的着眼点是生命。

（2）生命的体悟可视为中国文化思想的主流。

（3）对"生""生存"或"生态"的体悟。

生态翻译学强调将"中庸之道""人本"思想作为其研究的重要理论基础、出发点与归宿。

1. "中庸之道"

"中庸"是儒家最高的道德规范。在翻译操作过程中，作为方法论，无论是"直译或意译""异化或归化"还是"过度或欠额诠释"都不可取，不可走极端。

2. "人本"思想

"人本"思想是中国思想的滥觞，是强调保持人与人、人与自然、人与身心和谐的观念。生态翻译学的研究对象是"译者与翻译生态环境的相互关系问题"。因此，在翻译研究中，"人本"思想十分重要，可以作为翻译行为的根本指导思想。

"整体""尚和""人本""中庸""生存""生命""自然"等古典形态的生态观念促进了生态翻译学的诞生，并引起了众多国际哲学家和思想家的高度重视，是中国学者提出生态翻译学理念的重要支点。

（三）"适应/选择"理论

1. 定义

"适应/选择"理论具体包含以下几点：

（1）以译者为主导。

（2）以文本为依托。

（3）以跨文化信息转换为研究宗旨。

（4）译者适应翻译生态环境，对于翻译中文本的移植选择很重要。

2. 过程

基于对翻译实质的认识，"适应/选择"理论对翻译过程做出了概括性的描述（如图 1-1 所示）。

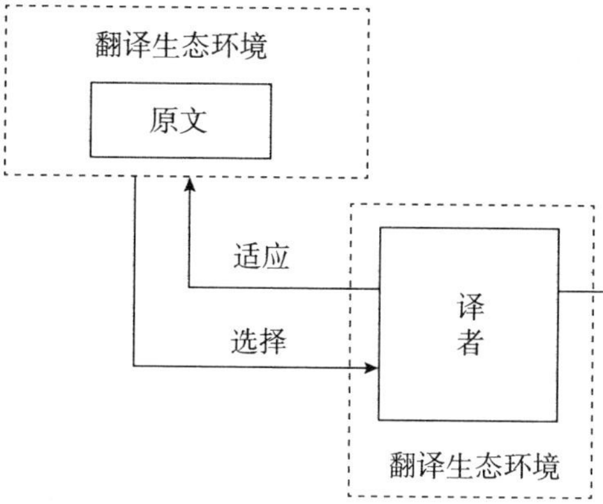

图 1-1 "适应/选择"理论的翻译过程

从图 1-1 可以概括出以下几点：

（1）翻译生态环境的"适应"性通过翻译过程得以体现。

（2）译者为典型要件，这种翻译生态环境在翻译过程中对译文有"选择"性。

（3）译者为"中心"，主导翻译过程和翻译行为。

3. 特征

在翻译过程中，适应性选择和选择性适应有如下特征：

（1）译者对环境的适应，即"适应"性。

（2）译者对译文的选择，即"选择"性。

由此看来，译者在选择与适应中的交替往复过程可以视为翻译。第一阶段是译者在翻译生态环境中的被选择阶段，第二阶段是译者反过来在翻译生态环境中实施选择。

（四）"关联序链"的认知路径

翻译活动是伴随着人类社会的发展而产生和发展的，这在翻译学界已经达成了共识。"自从操着不同语言的人类有了相互交流的需要，为克服语言的障碍而寻求人类心灵沟通的努力就已经凭借翻译而实实在在地存在着。"[1] 翻译活动具有深刻的社会属性，由于其参与主体是人类本身，并且从一定角度分析，其实质就是一种文化交流活动，人们在彼此交流中实现思想的碰撞，这些思想层面的互换则是源于不同语言之间的互译。从另一个角度分析，语言同时又是文化的载体，二者相辅相成，互相依存。

基于上述内容，为了对核心问题做到一目了然，我们可以将那些并非主要问题的细小分支忽略不计，从而得到真正有助于我们对其展开深入研究与探讨的主干，我们暂且称其为"关联序链"（the relevance chain）。

鉴于翻译是一种不同语言之间的信息转换，而语言的存在促使文化形成并成为文化的一部分，我们就能够得出极具意义的内在联系，如图1-2所示。

翻译→语言→文化→社会/人类→自然界

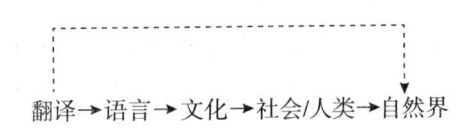

图1-2 翻译活动与自然界关联的环节

通过图1-2所示的路径，我们大致能够从中了解到翻译活动与自然界关联的若干关键环节；而通过这些关键环节，自然界与翻译活动的互通与关联便一目了然。

类似于上述情况，我们又能够轻易地得出一个相反方向的内在联系，如图1-3所示。

翻译←语言←文化←社会/人类←自然界

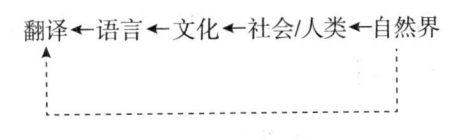

图1-3 自然界与翻译活动关联的环节

---

[1] 许钧.译事探索与译学思考[M].北京：外语教学与研究出版社，2003：2.

通过图1-3所示的"链条",我们可以很容易地看出其中的内在联系:人类是自然界中的成员之一,其通过长期的社会活动逐渐形成文化,而文化又需要以语言作为传播载体,当文化形成过程中涉及多民族或多国家参与时,文化的交流又需要翻译活动的支持。

由此可知,翻译活动与自然界活动之间的内在联系能够通过图1-4表示。

翻译←→语言←→文化←→社会/人类←→自然界

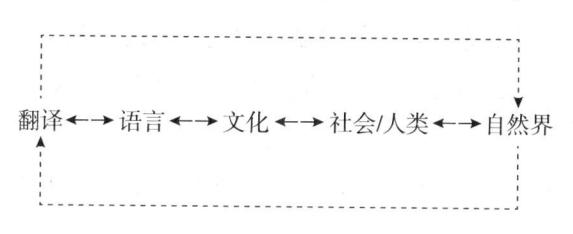

图1-4　翻译活动与自然界之间的互联关系

图1-4是在图1-2与图1-3的基础上构成的。图1-4表明,翻译活动作为人类行为之一,与自然界之间,无论是间接的还是直接的,总的来说是彼此共通与关联的。

以上分析与描述,正如法国著名科学家拉普拉斯(Laplace)所认为的那样:"世间万物彼此之间都有着或多或少的关联,我们将自然界中的一般规律比喻成一个链条,将看似无关的现象串联起来。我们所面对着的整个自然界形成了一个体系,即各个物体相互联系的总体。"[1]换言之,"自然界的各种现象本来就是相互联系的,是各种规律相互交织在一起的整体。"[2]"越来越多的科学家断定进化的观点是生物学乃至自然(或社会)科学的其他领域的整合性概念",而生态整体观一直就有"万物是一""存在的东西整个连续不断"的说法。与此同时,美国生态学家巴里·康芒纳的部分学说也与生态整体观有着极其相似之处,如四条"生

---

[1] 皮埃尔·西蒙·拉普拉斯.宇宙体系论[M].李珩,译.上海:上海译文出版社,1978:305.

[2] 李光,任定成.交叉科学导论[M].武汉:湖北人民出版社,1989:19.

态学法则"。

既然翻译活动是人类社会活动行为的一个组成部分,又与自然界的各类活动是关联的和共通的,那么,"这种关联性和共通性就为适合自然界的基本规律也同样适用翻译活动提供了一种可能"[①]。

人类理性进步与认知范畴延展的基本路径,可以通过以上"关联序链"得以体现,它符合人类认知事物的根本发展规律。所以,"预见"与"推导"是"关联序链"的显著功能:它能够由已知预见未知,由过去推导未来。因此,从"翻译"到"自然界"的"关联序链"所具有的递进性与互动性的特征,可以说勾勒出了"翻译←→语言←→文化←→社会/人类←→自然界"这样一个人类认知视野递进延展的逻辑序列和内在的指向机制。[②]

为了说明人类认知视野递进延展的逻辑序列和内在的指向机制,特别是为了避免将翻译与自然界的联系看成是线性的、单向的互动过程[③],同时彰显"关联序链"上不同系统的视野的逐级超越与涵盖的含义,我们可以将上述链条的平面示意图转变为多维度示意图(如图1-5所示)。具体而言,在"关联序链"的基础之上,其研究范畴由小到大依次为翻译研究、语言研究、文化研究、社会研究、人类研究,直至生态自然界研究。由此可见,上述链条中的各个环节是递进延展、关联互动、交叉涵盖的相互关系,而这一关系又可以通过图1-5较为立体地展示出来。从图1-4的"关联序链"示意图中可以看出人类社会系统与自然生态系统彼此互动的基本特征,以及生物自然界与翻译活动之间的互联关系。此类递进、涵盖、互动、共通、互联的关系特征,不仅可以彰显出自然生态与翻译生态之间的关联性,更关键的是,还可以使得二者间存在的

---

① 胡庚申.翻译适应选择论[M].武汉:湖北教育出版社,2004:61.
② 张立峰,金文宁.试论生态翻译学及其生态三维度——兼与胡庚申教授商榷[J].上海理工大学学报(社会科学版),2011,33(4):261-266.
③ 蒋骁华,宋志平,孟凡君.生态翻译学理论的新探索——首届国际生态翻译学研讨会综述[J].中国翻译,2011,32(1):34-36.

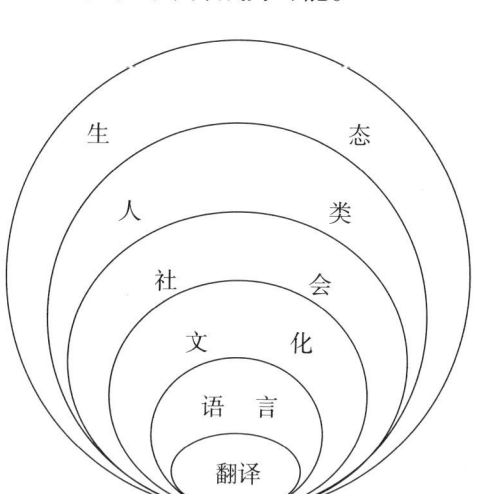

某种程度的类似或相互联系的中介成为可能。

图 1-5 "关联序链"的立体示意图

生态翻译学的诞生与发展源于对"关联序链"关键性的认知。也就是说,"关联序链"决定着后来的生态翻译学研究、翻译适应选择论的初期研究以及自然生态界与翻译活动间共通与关联关系的相关研究的出现。

第二节 生态翻译学的研究对象与方法

一、生态翻译学的研究对象

(一)翻译生态环境

翻译生态环境是翻译学的重要术语,通常源于早期的生态翻译学研究活动中。这种选择活动的目的是适应翻译生态环境,翻译的过程可以被理解为译者的适应与选择。因此,原语、译语、原文所展现的"世界",即社会、语言、文化、交际,还包括读者、作者、委托者等相互关联协作的整体,这指的就是"翻译生态环境"。

通常而言,翻译生态与环境以整体形式呈现出来。在特定的生态环境中,译者无时无刻不在发挥作用,然而译者对译入语进行翻译的过程中,也会受到来自该译入语国家的社会政治、文化规范等相关内容的限制。可以说,生态视角下的翻译环境对一切翻译主体而言都不可改变、逾越,属于一个统一体。

宏观、中观和微观是翻译生态环境的三个层次。上述内容基本上是从宏观视角对翻译活动展开的研究。具体来说,从宏观视角出发,不同的国家有其自身的政治制度以及文化规范,译者的翻译活动需要受到这些因素的制约与影响;从中观视角出发,即使是同一个国家,在相同的翻译背景下,不同的翻译对象的翻译生态环境也有不同之处;从微观视角出发,翻译生态环境是指翻译研究本身的内部构成,诸如历史、应用、理论与批评等。

(二)文本生态

文本的生命状态和文本的生态环境是文本生态。在语言的生态翻译中,原始语言和目标语言是两个文本生态系统。文本生态系统的原始文本包含文化生态学、语言生态学、社会生态学等原始系统,译语的文本生态系统包含译语系统中的交际生态、语言生态、文化生态等。

(三)译者

翻译的各个生态系统之间一定要相互观照,进而可以有效地相互帮助、相互促进。翻译生态系统具有动态性、整体性、平衡性、关联性,同时生态翻译学也研究"人"的因素、重视译者的优势和特点。

译者在具体的翻译活动中充当协调者的角色,是联系译文与原文的桥梁与中介,二者借由译者使得整个翻译生态系统维持平衡与和谐的状态。或者说,译者可以通过对翻译群落、文本和翻译生态环境等外在因素承担责任,从生态理性和生态整体主义的视角检测自己和"他者"之间的关系,在翻译活动中融入一种更大的责任意识。

(四)"三生"主题

翻译生态、译本生命和译者生存是"三生"的含义。"生"字是译者展开翻译研究活动的核心思想,也是生态翻译学得以产生与发展的基础与保障。

生态翻译学是翻译适应选择论的继承和深化,"译者为主导""译者为中心"不是翻译适应选择论所选择的翻译中心。"译境""译本"和"译者"称为"三者",三者之间的关系问题,它以"关系"为线索展开研究、论证和阐述,表明生态翻译学是探讨此三者关系的"关系学"。尽管立论线索不同、观察视角各异、研究指向有别,但上述"三生"和"三者"都基于"译境""译本"和"译者",而这三个要素是相通的,都是生态翻译学的核心内容和研究对象。

二、生态翻译学的"三层次"研究

(一)"译本"层次研究

在微观层面,生态翻译学强调生态翻译学的基本理念对翻译文本的形成和翻译实践的影响。翻译理念通过翻译实践得以反映。译者对翻译标准与翻译本质的认识与理解,可以通过其采用的翻译方法与选择的翻译策略得以体现。所以,要想加深对生态翻译学的理论功能的理解与认识,就需要借助对生态翻译操作行为的解析以及对微观文本转换的研究得以实现。

生态翻译学的微观研究重在文本操作,既有翻译原则,又有翻译方法,还有译评标准,它是翻译理论的具体实施和体现。

因此,从翻译理论的适用性和可操作性的角度来看,微观研究的文本转换和翻译实践也可以说是生态翻译学生存和发展的"根基"。

(二)"译论"层次研究

在中观层面,生态翻译学研究以翻译本体的系统理论作为研究的主要对象,这一系统理论具体包含翻译参与者、翻译文本以及翻译生态环境,它们共同构成了生态翻译学理论体系,与之相对应的"翻译即适应/选择""翻译即文本移植""翻译即生态平衡"为翻译的理论取向。

从生态翻译学视角出发,翻译这一概念可以界定为:以译者为主导、以文本为依托、以跨文化信息转换为宗旨,译者适应翻译生态环境而对文本进行移植的选择活动。翻译过程可以被理解为:译者适应翻译生态环境和译者选择最终文本的交替循环过程。它以译者为中心和主导。同时,译者也回归到了"适者生存""强者长存",特别是"译有所为"的原始动机。所有这些都表明,生态翻译学的中观研究基于并进一步完善了翻译适应选择论。

生态翻译学作为一个自成体系的翻译学说,在生态整体主义指导下,以中国古代哲学中的"以人为本""适中尚和"的经典智慧为依归,构建了整体的翻译生态体系,通过隐喻人类普遍接受的"适者生存""优胜劣汰"的基本原理,揭示了翻译生态理性,提出了生态翻译伦理。基于该理论,学者对与翻译行为相关的四方面问题进行了进一步的明确,具体包括翻译概念的界定、翻译主体的界定、翻译途径的界定以及翻译原因的界定。与此同时,该理论还从生态理性视角对整体翻译生态体系以及其他翻译现象、翻译方法、翻译策略、翻译过程、翻译标准、翻译原理进行了全新的阐述。

总之,从功能角度来看,中观研究既侧重生态翻译学对翻译本体的认识,是对翻译行为的理性描述,又承上启下,沟通宏观研究与微观研究。对于生态翻译学的整体研究而言,中观研究以翻译适应选择论为核

心，以此形成生态翻译学的"中坚"。

（三）"译学"层次研究

在宏观层面，整体视野是生态翻译学的聚焦点，从生态视角分析翻译学，就应当考虑到系统内部不同元素之间的相互促进作用，生态系统原本就是内部各因素彼此之间相互平衡、相互关联而构成的一个和谐、统一的共同体，系统中的构成要素之间具有互利性，可以促进彼此的发展与成长。

我们从上述"关联序链"中不难发现，人类与自然界之间，以及翻译与人类社会之间存在着相互依存、相互促进的关联属性，这也体现了人类认知视野拓展和理性进步的基本路径。以"关联序链"为线索，"按图索骥"地展开相关研究，并通过分项研究和相互照应，便有可能采用生态翻译学的研究路径对翻译本体生态系统以及整体的翻译学研究展开整合与综观。

我们从生态翻译角度出发研究翻译生态体系，其具体内容包括翻译本体生态系统、翻译教育生态系统、翻译市场生态系统、翻译管理生态系统，如果使其融入外围翻译的生态环境，就构成了"4+1"的生态子系统。

在整体的翻译生态体系中，各个系统与生态体系之间的关系主要表现为以下几点：

（1）翻译教育生态系统是基础。
（2）翻译管理生态系统是保障。
（3）翻译市场生态系统是平台。
（4）翻译本体生态系统是核心。

同时，每个独立生态系统又都无一例外地依托外围的生态环境。

从翻译本质和文化价值层面分析，除外围的翻译生态环境系统外，其余生态系统的线性排序由低到高依次为：翻译管理生态系统——翻译市场生态系统——翻译教育生态系统——翻译本体生态系统。这个"4+1"的生态子系统相互作用、相互影响、相互融合，构成了翻译生态的有机整体。

因此，从宏观角度看，生态翻译学是一个综观透视和整合一体的翻译研究范式。鉴于翻译生态是一个复杂的体系，为了保障和促进整个翻译生态体系的健康、平稳、协调发展，生态翻译学关注各个子系统之间的平衡关系，使得该系统内部的资源价值可以发挥到极致，尽量做到不同子系统之间的资源互补，使得生态翻译系统内部的整体资源得到有效利用。

生态翻译学的宏观研究侧重综观整体视野。视野源于高度，高度形成层级，层级形成系统，系统构成整体。生态翻译学理论体系的宏观生态理性特征，贯穿生态翻译学理论体系不同层次的运作过程，统领生态翻译学的宏观、中观和微观研究。因此，对于生态翻译学的中观和微观研究而言，其宏观定位就是旗帜和标志，也是生态翻译学学理的重要依据。

总之，生态翻译学在宏观生态理念、中观适应选择、微观文本转换三个层次上关联互动、三位一体、和谐共生。生态翻译学的"三层次"研究可以概括为图1-6。

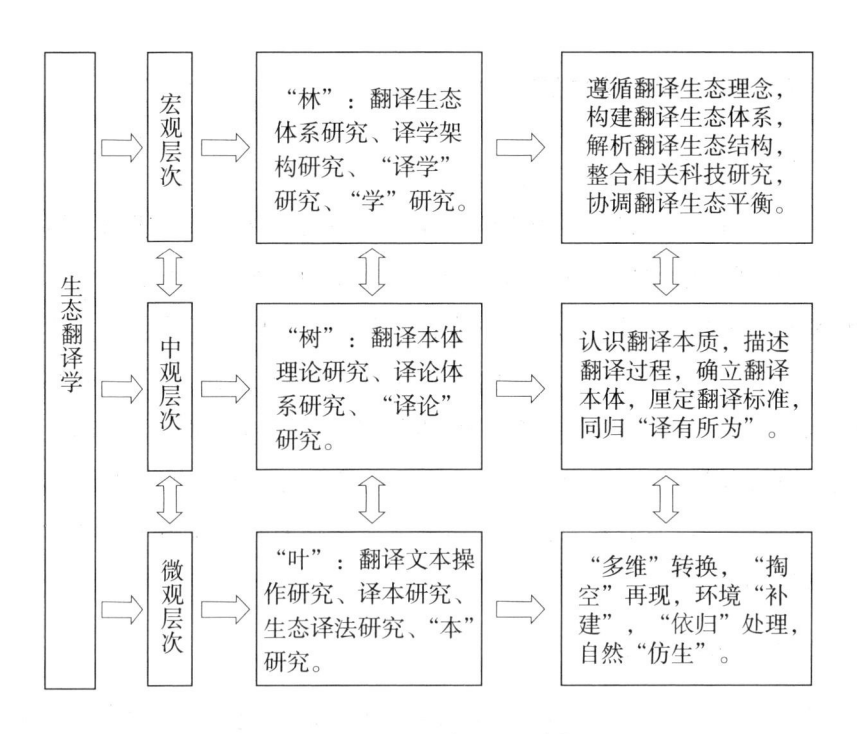

```
                    ┌─────────────────┐      ┌─────────────────┐
         ┌─宏观层次─▶│"林":翻译生态    │─────▶│遵循翻译生态理念,│
         │          │体系研究、译学架 │      │构建翻译生态体系,│
         │          │构研究、"译学"   │      │解析翻译生态结构,│
         │          │研究、"学"研究。 │      │整合相关科技研究,│
         │          └─────────────────┘      │协调翻译生态平衡。│
         │                   ⇕                └─────────────────┘
生态翻译学│          ┌─────────────────┐      ┌─────────────────┐
         ├─中观层次─▶│"树":翻译本体    │─────▶│认识翻译本质,描述│
         │          │理论研究、译论体 │      │翻译过程,确立翻译│
         │          │系研究、"译论"   │      │本体,厘定翻译标准,│
         │          │研究。           │      │同归"译有所为"。 │
         │          └─────────────────┘      └─────────────────┘
         │                   ⇕
         │          ┌─────────────────┐      ┌─────────────────┐
         └─微观层次─▶│"叶":翻译文本操 │─────▶│"多维"转换,"掏  │
                    │作研究、译本研究、│      │空"再现,环境"补 │
                    │生态译法研究、"本"│      │建","依归"处理, │
                    │研究。           │      │自然"仿生"。     │
                    └─────────────────┘      └─────────────────┘
```

图 1-6　生态翻译学的"三层次"研究

生态翻译学的"三层次"研究表明：生态翻译学的微观译本、中观译论、宏观译学的"三位一体"格局已经基本形成。如果没有宏观研究，生态翻译学就可能缺失了整体的体系架构，可谓有失其"学"；如果没有中观研究，生态翻译学就没有了本体的系统理论，可谓有失其"论"；如果没有微观操作，生态翻译学就没有了译论的根基和依托，可谓有失其"本"。生态翻译学的"三层次"研究架构不仅能显示出其"三层次"、研究的逻辑关系和内在联系，而且有助于进一步了解生态翻译学研究的整体及发展，并为系统构建生态翻译学话语体系奠定了基础。

三、生态翻译学的研究方法

（一）矛盾法

矛盾法则告诉我们，矛盾的共性具有普遍意义，但矛盾的共性又包含于矛盾的个性之中。相比普通翻译学，作为一个整体性的研究，生态翻译学是一种"特殊性的"和"个性的"探究。因此，从方法论的角度来看，可以说，凡是适用于一般翻译研究的常规的、通用的、"共性"的方法，对于生态翻译学的"特殊性的"和"个性的"研究而言都是适合的。与此同时，生态翻译学与以往的研究在一定程度上也有很大的不同，所以生态翻译学有其独特的翻译研究方法，这充分展现出生态翻译学的"个性"和特色。

（二）相似类比

"相似类比"是生态翻译学研究的重要方法之一。采取相似类比方法在某种程度上具有可实施性，主要表现为翻译生态和自然生态之间在一定程度上存在的联系、类似和同构。研究表明，自然生态和翻译生态在很多层面上有很强的类似性。第一，如果从生态学的视角出发研究翻译学，就应当研究环境之中的生物体及其相互间的作用与影响。第二，在生态视角下的环境中，生物体与生态环境之间，以及生物体彼此之间相互影响与作用，从而达到一种理想的平衡状态。该理论同样适用于翻译学理论的研究。第三，不同种类的两个个体之间存在互利共生的关系，这是一种生物间的互惠互助关系。在自然生态中，人类有目的、有意识的活动能够对生态关系或多或少地起到改造、促进、抑制和重建的作用。在翻译生态中，相同的翻译活动群体带有一定意识与目的的活动同样会反作用于生态环境，对其进行重建、抑制、促进或改造。第四，相似的适用原则在两个生态体系中存在。第五，类似的现象和运作方式在两个生态体系中存在。

（三）概念移植

既然"相似类比"的方法在生态翻译学研究中的运用是有根据的、可行的，那么"概念移植"作为生态翻译学研究的另一种重要研究方法，也就顺理成章了。这里所说的概念移植可以包括多个层面，既可以是生态概念的移植，也可以是生态原理的移植，还可以是生态术语的移植。但这些不同层面的移植，本质上又都是一种生态概念的移植。

一直以来，"整体思维"的哲学理念作为方法论反映在中国学者的研究行为之中。只要是从生态理性、生态系统的角度重新审视翻译，就一定要思考系统的平衡协调、关联互动与整体和谐，否则便不是生态视角的翻译研究了。

第三节 生态翻译学中的"生态"

从生态视角看待翻译研究活动，系统性与规律性是其自身的特质。当一类研究活动由实践上升至理论时，其必将走向系统化的研究道路，其中涉及众多彼此对立或者统一的关系，而这些关系可以在研究过程中不断得以优化，如翻译系统与翻译批评、译者与文本、客体与主体、微观与宏观等，它们共同形成了翻译研究活动的生态系统，而译者在翻译活动过程中肩负着系统维护与平衡等重要使命。

通常而言，人们对"生态"的理解可以从词性的角度展开分析，即"生态"可以分为两种：一种是形容词，另一种是名词。例如，我们日常生活中经常见到的"生态公园""生态小区"等，在这里，"生态"二字具有环保、健康的含义。而当生态作为名词时，则意味着某一事物所具有的原本属性，主要是指某一特定环境下，环境与个体之间以及个体与个体之间的相互作用关系，如"生态保护""生态意识""社会生态"等。如果从现代视角去解读"生态"二字的内涵，需要从两个层面对其进行分析：首先，从宏观层面出发，生态本身具有一定的系统属性；其次，生态中的"生"字，指的是自然界中的一切生物的生命，生态本质就是有关生存与生命的话题。"生态"一词源自西方国家，英文单词"ecology"的出现使得"生态"一词出现在中国大众面前。单词"ecology"属于译入语，而"生态"属于译出语，英译汉单从字面得出的注解就是"生态""生态学"的意思。通过研究其历史发展轨迹可以发现，该词汇并非直接由英文翻译引入中国，而是源于中国的邻国日本。当时日本习惯用平假名来解释"ecology"的具体含义，中国将其直接借鉴过来翻译此单词。汉斯·萨克塞在《生态哲学》一书中指出，作为德文的"kologie"（生态学）是从希腊语"Oikos"衍生而来的，而希腊语"Oikos"的原意为"房子""家"，蕴含着整体、全部、系统的意思。"kologie"似乎也可以译为"家务学"。在德文中，"kologie"还指涉"生物与环境之间的关系"[①]。众所周知，家庭对于任何一名社会成员而言都有着至关重要的作用与意义。我们常说家是爱的港湾，当我们在外漂泊累了倦了的时候，首先想到的就是家。家并不像一套水泥房子那样冰冷，而是能让人感受到温暖、温馨、舒适与自在，它的存在本身带有强烈的感情色彩，是一家人聚在一起的其乐融融。我们可以从希腊语对生态的解释中体会家所蕴含的寓意。

通过上述对"生态"的详细探讨可以发现，"生态"从不同角度诠释所得出的定义也是有所差别的。如果从哲学视角分析，"生态"则意味着世间万物都是具有生命的个体，并且"生"也是每个个体所具有的本质特征。我们肉眼所见的事物的状态并非其最初的真实面目，而是经过一系列演化所呈现出的最终的视觉效果。可以说，事物所呈现给我们的样子，实际上只是事物自身进入主观之后的现象与表象。[②]

综观生态翻译学研究，它既是一种"喻指"，又是一种"实指"。所

---

① 汉斯·萨克塞.生态哲学[M].文韬，佩云，译.上海：东方出版社，1991：21.
② 王聘珍.大戴礼记解诂[M].北京：中华书局，1983：40.

谓"喻指",指的是将翻译生态与自然生态做隐喻类比而进行的整体性研究;所谓"实指",指的是趋向于译者与翻译生态环境相互关系的研究,特别是译者在翻译生态中的生存境遇和能力发展的研究。

第二章　文学翻译概述

第一节　文学翻译的定义与性质

一、认识文学翻译

（一）文学翻译的定义与研究内容

在中华文明的发展进程中，从"五方之民，言语不通，嗜欲不同"，为了"达其志，通其欲"，而"东方曰寄，南方曰象，西方曰狄鞮，北方曰译"（出自《礼记·王制》）的古代，到佛经大规模播散东土的隋唐，到西学东渐的明末清初和"五四"时期的新文化运动，再到中华人民共和国成立之初以及全方位改革开放，翻译的作用从来都是不可或缺的。同样，在西方文明的发展过程中，从最初亦步亦趋地模仿希腊文化的古罗马时期，到民族语言、民族国家构建的中世纪，到推动文化再造运动的文艺复兴时期，再到欧洲内部与外部的国与国之间全面交流、交往的近代、现代和当代，都有翻译工作者的参与。因此，中国、西方乃至整个人类的文明发展都与翻译息息相关。

"文学翻译是一种文化行为，总是受到译入语文化中意识形态、文学观念、文学体制、经济等方面因素的影响。不同的时期，文化语境不同，文学翻译选择也就有不同的价值取向。"[1]纵观翻译的发展历史，可以发现人类并不重视翻译，甚至没有对翻译开展过深入的理论研究，其中既有主观原因又有客观原因。翻译在过去三千多年的时间里发展十分缓慢，因为翻译的相关理论一直围绕着"就事论事"，根本无法脱离经验为上

---

[1] 查明建，谢天振.中国20世纪外国文学翻译史（上卷）[M].武汉：湖北教育出版社，2007：45.

的怪圈，许多翻译专家将"怎么译""如何译"当作翻译的核心内容，盲目地探索，对其他内容根本无暇顾及，如翻译是什么？它是科学，是技巧还是艺术？它的本质是什么？它应该遵循的标准和原则有哪些？它的整个流程是怎样的？其中，译者的主要任务、目标是什么？被翻译的文本内容与整个翻译过程中的"人"（如委托者、赞助者、组织者、译者、作者以及读者等）之间存在怎样的关系？另外，译者翻译文章的目的、使用的翻译技巧和翻译的题材之间是否存在特殊的关系？对于这些问题，人们似乎仍然处于探索阶段。或许，由于翻译在本质上不是一种静态的社会存在或社会行为，对它的认识也就不能一劳永逸。以翻译应遵循的标准和原则、译文是否通顺和忠实原文、译者是否需要承担相应的责任等问题为例，在不同的年代，不同的研究者和译者对这些问题的认知会出现很大的偏差，甚至出现完全相反或对立的认知，如翻译是要求"形似"还是"神似"，是要求"异化翻译"还是"归化翻译"。这些认知各有各的道理，因此我们不可偏执一方，把一方当作翻译的本质所在，而把另一方排斥在对翻译本质正确认识的范围之外。

笔者认为，想要正确认识翻译，认识翻译的本质，认识上面提到的关于翻译的所有问题，我们就要虚怀若谷、海纳百川，不但要继承固有传统，还要勇于吸纳外来观念；不但要善于反思过去的成功和失败，还要积极面向未来；不但要注重积累理论知识，还要积极开展行为实践；不但要传承主流观点，还要鼓励创新、包容异议。对于这一切，传统的翻译理论没有也无法系统论述，只有在翻译研究发展成为独立学科的前提下才能做到。这就是过去半个多世纪，特别是过去三十多年以来发生在翻译和翻译研究领域的事情。

（二）文学翻译研究内容的深化

自20世纪中叶以来，人们对翻译的研究取得了很大的进展，甚至已经超过传统翻译理论所囊括的范围，翻译研究开始由经验性理论向系统性、科学性理论转变，获得了更广阔的发展舞台，步入了全新的发展阶段。这种新时期的、全面发展的、充满系统性和科学性的翻译理论大多出现在西方国家的翻译领域，而且西方国家在翻译理论上有两个特别显著的进步，实现了"质"的飞跃。此处的"质"指的是翻译的"性质"，显然新时代的翻译理论对于翻译的性质有了更深刻、更详细的阐述。在20世纪中叶之前，人们对翻译的研究也经历了数千年，但在这段时间内人们只是单纯地研究如何翻译文章内容等实际问题，即研究"翻译问题"，虽然也形成了丰富的研究理论，但所有理论基本都是经验式的、随感性的、非系统的。20世纪中叶，现代语言学获得极大发展，尤其是可替代人工的机器翻译问世，翻译专家们开始转变研究方向，以现代语言学为切入点结合科学的、系统的机器翻译来阐释各类翻译问题。至此，西方翻译理论迎来了第一个"质"的飞跃，翻译研究从传统的、经验式的、随感性的、非系统的研究翻译问题的理论研究转变为以现代语言学为切入点的、科学的、系统的研究各类翻译问题的研究，同时正式成为一门语言科学。

如果翻译研究归属于语言科学，它就属于语言学的一门分支学科，这样就无法真实展现翻译研究的本质内容。20世纪60年代至70年代，西方翻译界的多位专家在对翻译进行了长时间的研究和摸索后指出翻译研究的范围十分广泛，将其单纯归属于语言学是不合理的，它应该是一门独立的、全新的学科。至此，西方翻译理论迎来第二次"质"的飞跃。美籍荷兰翻译理论家霍姆斯（James Holmes）在这次翻译理论的质变过程中发挥了重要作用，他于1972年在国际应用语言学会议上公开发表了一篇划时代的论文《翻译研究的名称与性质》，并在论文中首次提出翻译研究并非从属于语言学科的分支学科，而是一门独立的学科。该文章的发表翻开了翻译研究的新篇章，促使翻译研究与其他学科一样突破了传统发展思维的束缚，寻找到了新的发展道路。20世纪80年代，西方的翻译研究已经正式成为一门独立的学科，这在评论家勒弗维尔和巴斯内特对翻译研究学科的发展历程的评论和阐述中得到验证。

当西方国家的翻译研究出现"质"的飞跃时，我国的翻译研究同样实现了两次重大突破，出现了跨越式发展。我国的翻译研究在20世纪50年代初期实现了第一次重大突破，代表性事件是我国著名翻译家董秋斯提出了"翻译学"的观念。此观念的提出是我国翻译史上的第一次，其与费道罗夫翻译"语言学"观点的提出时间相差无几。然而，我国当时的国内环境较为复杂，受多方面因素的影响，"翻译学"在后续二十多年的时间里发展缓慢，也没有取得比较大的成就。但"翻译学"的提出还是对我国翻译事业的发展发挥了重要的推动作用，它促使我国当代的翻译专家萌生"科学"的翻译意识，为我国翻译研究实现第二次重大突破打下了坚实的基础。第二次重大突破的标志是20世纪80年代后期我们再次旗帜鲜明地呼吁建立翻译学。如今的学术界对于翻译学的地位已基本达成共识，认为翻译学应当且已经或基本成为一门独立的学科。

一般情况下，某项科学研究想要成为独立学科，必须符合下列条件：第一，该项研究具备建立独立学科的代表性著作；第二，该项研究具备成为独立学科所需的完备的工具书和术语；第三，该项研究有足够广阔的研究领域，有多角度的研究课题，在研究过程中能不间断地获得各种各样的著述和研究成果，有专业的学术期刊充当研究人员相互交流、沟通的平台；第四，该项研究拥有专属的教育基地和学科教材，有专门的学校开展有关该类学科的培训工作；第五，该项研究具备广泛的社会功能，被多数人认可；第六，该项研究有广阔的发展前景。

就翻译学科而言，其发展至今已经满足或基本满足了这些条件，因而有资格被当作一门独立学科来继续发展。对于翻译学作为独立学科的起始标志，笔者曾经做过这样的评述：有学者认为，著名翻译家尤金·A.奈达（Eugene A. Nida）在1947年出版的著作《论圣经翻译的原则和程序》可以作为翻译研究迈入新时代的标志性起点，因为此书首次应用现代语言学的技巧科学、系统地阐述了翻译的相关问题，同时为奈达于1964年公开发表的著作《翻译科学探索》奠定了坚实的基础。我国和苏联的部分翻译专家认为，苏联著名的翻译理论家费道罗夫在1953年出版的著作《翻译理论概要》为翻译研究开启了新的篇章，是现代译学的标志性起点。另有不少学者把翻译学独立学科地位的确立归功于霍姆斯于1972年发表的《翻译学的名称与性质》。严格来说，西方国家现代翻译学的兴起并没有一个准确的标志性事件，换言之，当时的西方国家并没有出版任意一部可以作为现代译学兴起代表的、受到所有人认可的、可以充当纲领性文献的翻译学著作。尽管如此，由于有了奈达、费道罗夫、霍姆斯等人较有标志性意义的研究成果，西方现代译学研究的起源毕竟还是有本可寻的。

20世纪70年代末80年代初，我国的翻译研究迎来了发展的春天，大量与翻译研究有关的著作被翻译出版，国外先进翻译理论著作被引进、编译、出版，如《翻译论集》《翻译研究论文集》《翻译理论与翻译技巧论文集》以及其他各类翻译论文集。特别是1980年复刊、由中国对外翻译出版公司负责编辑出版的理论性刊物《翻译通信》（现在的《中国翻译》）和其他各种外语与翻译研究刊物，以及从中央到地方各家出版社对翻译和翻译研究作品、外来译论编译作品的大规模出版，使得我国无数翻译工作者、研究者获得了广泛的发表途径，促使我国组建更好的翻译团队以及翻译理论队伍。

至于衡量翻译学作为独立学科建立的其他标准，也都在近30年翻译及翻译研究的蓬勃发展中一一得到了满足。例如，无论在国外还是在国内，翻译术语系统和学科工具书系统都随着多种翻译词典和翻译百科全书的出版而逐步得到完善，翻译研究课题以及与翻译相关的其他研究课题都随着各个层级翻译项目的申报和翻译学士、硕士、博士学位课题的确立而得到大规模的开展。各种各样的翻译研究成果和著述随着出版部门和学术期刊的积极参与和支持而大量出版。这从过去十年内由中译、上外、北外、湖北教育等多家出版社推出多套国内外翻译研究系列丛书中可见一斑；各种翻译教程的编写，各个翻译院系的成立，翻译本科、硕士、博士等各个层级学位教育的开展，还有翻译工作者广泛的社会参与，以及翻译研究者与计算机工程师在各代机器翻译研发工作中的联手合作，都反映出翻译学作为独立学科已经建立这个基本事实。保持并提高这个独立学科的地位，将其推向前途更加广阔的明天，是所有译界同仁必须承担的工作，如翻译的组织者、赞助者、译者、出版者和研究者，以及作为翻译学科主体的教师和学生，等等。

当前，除了广泛译介或版权引进国外（主要是西方国家）的当代翻译理论作品之外，我们在译学创新、翻译教育与教学研究等工作上一直在进行不懈而富有成效的努力。西方翻译学科的发展步伐近几年开始出现放缓的迹象。例如，在西方，开办翻译学系的高校和翻译人才培养的规模不但没有增加，反而有所减少。而我国翻译学科的发展则呈现出蒸蒸日上的景象。这里以"翻译硕士专业学位"（Master of Translation and Interpreting，MTI）的发展为例。为培养较高水平和层次的、应用型的专业化翻译人才，"翻译硕士专业学位"的设想最初于2005年由相关专家提出、论证，2007年1月国务院学位委员会第二十三次会议审议通过了《翻译硕士专业学位设置方案》，同年3月国务院学位委员会发布了《关于下达〈翻译硕士专业学位设置方案〉的通知》。不久，翻译硕士专业学位的试点申报工作正式启动，全国有包括北京大学等在内的15所高校获得当年翻译硕士专业学位的试办资格，2009年扩大至40所院校，到2010年，共有150多所院校获得招生权。截至2022年3月，全国翻译本科专业培养院校达301所。

从某种意义上说，以上所有数据似乎都在指向一点，即与西方相比，我国的翻译及翻译研究发展颇有后来居上的趋势。当然，这个趋势不应局限于数字比拼的范围，而更多的应该是提高我国翻译研究的发展质量。

二、文学翻译的性质

文学翻译具有相对忠实性、模仿性和创造性的特质。

（一）相对忠实性

文学翻译是一种艺术形式，其与非文学翻译忠实于原文、达到与原文等值或等效的要求是不同的。文学翻译不可能绝对忠实于原文，其中有多方面的原因。

1. 读者的差异

不同地域、不同时代、不同文化水平的读者会对译作产生不同的理解和感受。从这个意义上讲，译者无法完全将原作的思想、美感和艺术价值"同等"地传达给每一位读者。

2. 译者的差异

译者的文学素养、生活阅历、知识储备、文化修养、语言水平等都会影响其对文学作品内容和含义的剖析。显然，文学翻译的这一特质正是如今一些享誉世界的文学著作在每个国家都存在着多种译本的原因。例如，《浮士德》在苏联就有20多种译本，《红与黑》在我国也有多种译本。

3. 语言的差异

文学翻译中的原作与译作运用的是两种不同的语言，二者的文学性是不同的，这一点毋庸置疑，作品中有些用特殊的语言体现出来的文学性是无法翻译的，如中国古诗词中的韵律和节奏在英语中就是无法表达出来的。另外，在文学翻译中也会出现文学性增强的情况，如将唐诗翻译为英文后，其中虽然少了汉语中的韵律和节奏感，但增加了英语的韵味，如美国诗人埃兹拉·庞德（Ezra Pound）翻译的李白《长干行》中的部分语段。

长干行

唐·李白

妾发初覆额，折花门前剧。

郎骑竹马来，绕床弄青梅。

同居长干里，两小无嫌猜。

十四为君妇，羞颜未尝开。

低头向暗壁，千唤不一回。

十五始展眉，愿同尘与灰。

常存抱柱信，岂上望夫台。

译文：

The River-Merchant's Wife : A Letter

—Ezra Pound

While my hair was still cut straight across my forehead,

I played about the front gate, pulling flowers.

You came by on bamboo stilts, playing horse,

You walked about my seat, playing with blue plums.

And we went on living in the village of Chokan.

Two small people, without dislike or suspicion.

At fourteen I married My Lord you.

I never laughed, being bashful.

Lowering my head, I looked at the wall.

Called to a thousand times, I never looked back.

At fifteen I stopped scowling,

I desired my dust to be mingled with yours,

Forever and forever and forever.

Why should I climb the look out ?

译文虽然少了汉语中的韵律和节奏感，但意象丰富，短句间的停顿给读者留下了充足的想象空间。

文学翻译的相对忠实性还体现在其创造性上。文学翻译是以原作为基础进行的二度创造，因此不可能完全忠实于原作。

（二）模仿性

古今中外，人们都在强调艺术作品对自然的模仿。模仿说认为文学是模仿现实世界的，德谟克利特（Democritus）认为人类会歌唱的能力就是通过对天鹅等鸟类的模仿而形成的。苏格拉底（Socrates）认为艺术作品（画像、雕刻等）应该给人以"真"和"活"的感觉。亚里士多德（Aristotle）认为艺术的本质就是模仿现实世界，它应该具有真实性，他将绘画、诗歌、雕刻等艺术形式称为"模仿的艺术"，认为它们都拥有"模仿"的功能。西晋文学家陆机也观察到了现实世界是文学创作的源泉，他将自己的观点写进《文赋》的开篇，内容为：

"伫中区以玄览，颐情志于典坟。遵四时以叹逝，瞻万物而思纷。悲落叶于劲秋，喜柔条于芳春。心懔懔以怀霜，志眇眇而临云。咏世德之骏烈，诵先人之清芬。游文章之林府，嘉丽藻之彬彬。慨投篇而援笔，聊宣之乎斯文。"

由此可见，在经过长时间的文学创作后，人们会自然地发现自己创作的作品与自然、客观世界之间存在着不可分割的内在关联。文学翻译作为一种通过对原作进行模仿翻译形成新著作的特殊艺术，自然也不例外。

根据文学翻译的模仿性可知，译者在翻译过程中必须尽力传递作品中蕴含的信息，同时兼顾语言的表现形式、作品主旨、风格特征、时代氛围以及作者的审美情趣等。

(三) 创造性

文学翻译的审美价值充分体现了其创造性，涉及多方面的因素，包括译者的想象、情感因素和认知因素等。译者在与原作双向互动的基础上，领略原作的文学意境并根据自己的理解进行二度创作，准确传达原作的艺术意境，力求译作的"美"与原作等值。这个互动的过程体现了译者对原作的审美创造。茅盾对此有这样的说法："文学的翻译是用另一种语言将原作的艺术意境传达出来，使读者能够在译文中得到与原文中一样的启发、感动和美的享受。"林语堂也有相似的话语："凡文字有声音之美，有意义之美，有传神之美，有文气文体形式之美，译者或顾其义而忘其神，或得其神而忘其体，决不能把文义、文神、文气、文体及声音之美完全同时译出。"由此可以看出求"美"的重要性。英国诗人、翻译家爱德华·菲茨杰拉德（Edward Fitzgerald）于1895年出版了英文版的《鲁拜集》（*The Rubaiyat*），该诗集由欧玛尔·海亚姆（Omar Khayyam）创作。鲁拜是一种诗的形式，一首四行。菲茨杰拉德的译文版诗集不仅充分体现了原诗集的内在，还极为传神，感染着每一个阅读者的心，在当时的英国文学界占有一席之地，深深地影响着19世纪的英国诗风。一时间，菲茨杰拉德的译文版诗集传遍世界，引发了翻译各种类型文学作品的风潮，同时，所有被翻译诗文的原作者都拥有了很高的声望，在诗坛也占据一席之地。因此，部分专家认为菲茨杰拉德可以获得全新的殊荣，但苦于没有更为贴切的词语来描述，故称其为"译家"。译家在翻译作品的过程中，并非单纯地进行字句翻译，而是在感受到原作的内在后重新创作出一部作品，其是原作内在情境的重现。[1]

---

[1] 邵斌.翻译即改写：从菲茨杰拉德到胡适——以《鲁拜集》第99首为个案[J].北京第二外国语学院学报，2010（12）：8-14.

第二节 文学翻译的标准、原则与过程

一、文学翻译的标准

翻译标准是翻译理论的重要内容，是衡量和判断翻译质量的尺度，是翻译实践遵循的基本准则。文学翻译当然也是如此。古今中外，在三千年的翻译实践历程中，人们一直期待有一个为中外译者认可、接受又在翻译实践中行之有效的准则。中外学者有关翻译标准的论述不胜枚举，但被译界奉为圭臬的金科玉律依然难觅。

西方学者有关翻译标准的论述肇始于公元前1世纪的西塞罗，他是当时享有盛名的翻译家，他将古希腊著名的演说家狄摩西尼和伊斯金尼斯的演说作品进行了翻译，并将其收集在著作《最优秀的演说家》中。西塞罗在对翻译方法进行阐述时说道："我不是作为翻译匠，而是作为演说家进行翻译的。我所保留的是原文的思想与形式，或者人们所说的思想的'外形'，只不过我所用的语言是与我们语言的用法完全一致的语言。这样一来，我认为没有必要追求字对字的翻译，而应该保留语言的总体风格与力量。"[1]

西塞罗的观点与古罗马诗人贺拉斯的看法是一致的。贺拉斯指出，所谓的翻译其实就是通过译文创造一个包含原文内容的带有全新愉悦美感的文本。西塞罗和贺拉斯对于翻译的观念对后世产生了很大影响，翻译家圣哲罗姆曾援引西塞罗的方法来详细阐述自己的翻译方式："现在我不仅承认，而且不客气地宣称，在从希腊语到拉丁语的翻译中——当然《圣经》的翻译除外，因为《圣经》中连词序都具有玄义——我所采用的

---

[1] 刘芳.西塞罗翻译思想的历史语境重读[J].中国翻译，2016，37（2）：22-28.

都是'意对意'的翻译方法，而不是'字对字'的翻译方法。"①

反对"字对字"的翻译，主张"意对意"的翻译，从而保留原文的总体风格是上述翻译观的核心，但作为翻译标准似乎不够具体。法国翻译家艾蒂安·多雷（Etienne Dolet）于1540年在《如何出色地从一种语言翻译到另一种语言》中也提到了避免逐字翻译，他列出的5条翻译标准更具体，具有较强的可操作性：

（1）译者必须充分理解其所翻译的作品的作者表达的主题和内在，尽管其可以对文中晦涩难懂之处进行随意翻译；

（2）译者应该对原文内容和译文内容有充分的理解，这样才不会使译文丧失权威性；

（3）译者应该尽量避免逐个单词翻译；

（4）译者应该尽量避免使用拉丁语派生的词形以及不常使用的词形；

（5）译者应该尽量使用有关系的词语搭配，避免译文内容存在晦涩难懂之处。

英国翻译理论家亚历山大·弗雷泽·泰特勒（Alexander Fraser Tytler）指出，所谓优秀的翻译应该是"将原文作品的优点全部移植到另一种语言中，译文读者所明确理解的、所强烈感受的，都跟原文读者所理解的和感受的完全相同"。他提出翻译应遵循以下三个标准：

（1）译文的思想应该与原文吻合；

（2）译文使用的写作方式和整体风格应该和原文吻合；

（3）译文的流畅程度应该与原文相同。

通过上述标准可知泰特勒对于"好的翻译"的评判标准，但并非只有他有这样的评判标准，奈达作为美国当代著名的翻译家提出评判翻译家的核心标准应该为同等效应（或译为"产生共鸣"）。奈达列出的翻译的四项基本要求如下：

---

① 许静. 浅析贺拉斯、哲罗姆、施莱尔马赫翻译模式的特点和影响[J]. 佳木斯教育学院学报, 2010（6）：216-217.

（1）言之成理；

（2）传达原文的精神风貌；

（3）表达自然流畅；

（4）产生共鸣。

语言学派的翻译理论家一直纠结于"对等""等值"之类的概念，如雅各布森的"信息对等"、卡德福特的"形式对应"与"翻译等值"、奈达的"动态对等"和"同等效应"、纽马克的"对应效应"和科勒的"五类对等"（外延对等、内涵对等、语篇规约对等、语用对等和形式对等）。然而，"对等"也好，"等值"也罢，概念毕竟是概念，不是翻译实践中的具体文本，所谓"译文读者对译文的理解和鉴赏实质上已达到了与原文读者相同的水平"[①]，只不过是一种理想境界，理论上也许成立，但在翻译实践中是难以实现的，更准确地说，是无法验证的。译文读者并非原文读者，怎知原文读者是如何理解和鉴赏原文的，其理解和鉴赏又会达到何种程度呢？众所周知，世界上不存在两片完全相同的树叶，自然也不会存在两种各个方面都相同的语言，如语法、语义、语音等，更不可能存在两个在两种完全不同的语言上拥有完全相同的鉴赏水平以及认知能力的读者，因为鉴赏和认知水平绝对相同的人即使在同一语言文化中也无法找寻到。因此，无论是哪位著名翻译家的译文都只能无限接近原作。出现这样的现象的原因是同一个信息在不同语言交际过程中，很容易出现内容的增减，这是无法避免的，即使在语内交际中也是如此，只是程度不同罢了。国内学者有关翻译标准的论述较有影响的可以追溯到唐代名僧玄奘提出的"既须求真，又须喻俗"，即"忠实、通顺"。这一准则至今对翻译实践仍有指导意义。当然，国内学者讨论翻译标准时言必称"信、达、雅"。此标准由严复率先提出，他于1897年发表著作《〈天演论〉译例言》，该标准就被写在该著作的开篇当中，原文为"译事三难：信、达、雅"。严复对其做了较为详尽的解释，现援引如下：

[①] 林克难. 奈达与纽马克翻译理论比较[J]. 中国翻译, 1992（6）: 2-5.

"一、译事三难：信、达、雅。求其信已大难矣！顾信矣不达，虽译犹不译也，则达尚焉。海通以来，象寄之才，随地多有。而任取一书，责其能与于斯二者，则已寡矣！其故在浅尝，一也；偏至，二也；辨之者少，三也。今是书所言，本五十年来西人新得之学，又为作者晚出之书。译文取明深义，故词句之间，时有所傎到附益，不斤斤于字比句次，而意义则不倍本文。题曰达旨，不云笔译，取便发挥，实非正法。什法师有云：'学我者病。'来者方多，幸勿以是书为口实也。

"二、西文句中名物字，多随举随释，如中文之旁支；后乃遥接前文，足意成句。故西文句法，少者二三字，多者数十百言。假令仿此为译，则恐必不可通，而删削取径，又恐意义有漏。此在译者将全文神理，融会于心，则下笔抒词，自善互备。至原文词理本深，难于共喻，则当前后引衬，以显其意。凡此经营，皆以为达，为达即所以为信也。

"三、《易》曰：'修辞立其诚。'子曰：'辞达而已。'又曰：'言之无文，行之不远。'三者乃文章正轨，亦即为译事楷模。故信达而外，求其尔雅，此不仅期以行远已耳。实则精理微言，用汉以前字法、句法，则为达易；用近世利俗文字，则求达难。往往抑义就词，毫厘千里。审择于斯二者之间，夫故有所不得已也，岂钓奇哉！不佞此译，颇贻艰深文陋之讥，实则刻意求显，不过如是。又原书论说，多本名数格致，及一切畴人之学，倘于之数者向未问津，虽作者同国之人，言语相通，仍多未喻，矧夫出以重译也耶！"①

"信、达、雅"的提出虽然已逾百年，但相关讨论依然在继续。一个多世纪以来，对"信、达、雅"的批评反对之声不绝于耳，然而拥护赞成者也不乏其人，但更多的人是对其进行修正、改造，或从不同角度予以解读。林语堂在《论翻译》中提出的三方面的文学翻译标准是：

（1）"忠实"之标准——译者对原文而言，亦即对作者之责任；

（2）"通顺"之标准——译者对译文而言，亦即对读者之责任；

---

① 严复.天演论[M].北京：世界图书出版公司，2012：58.

（3）"美"之标准——译者对艺术而言，亦即对艺术之责任。

林语堂的标准与严复的"信、达、雅"大同小异，只是前者对"忠实"进行了细化，即"忠实非字字对译之谓""忠实须求精神""绝对忠实之不可能"，因"文字有声音之美，有意义之美，有传神之美，有文气文体形式之美，译者或顾其义而忘其神，或得其神而忘其体，决不能把文义文神文气文体及声音之美完全同时译出"。

鲁迅则主张："凡是翻译，必须兼顾两面，一当然力求其易解，一则保持原作的丰姿。"针对有人提出的"与其信而不顺，不如顺而不信"的翻译观，鲁迅提出了"宁信而不顺"的翻译原则。当然，鲁迅的"宁信而不顺"似有"矫枉过正"之嫌，但换一个角度则可发现，鲁迅将"信"置于头等重要之位无疑是正确的。严复的"信、达、雅"虽然在形式上也将"信"置于首位，但他解释道："顾信矣不达，虽译犹不译也，则达尚焉。"由此可见，在"信"与"达"冲突时，他选择的是"达"。《天演论》的译文文本也验证了这一点，为了实现"行远"和"达易"的目标，进而迎合清末桐城派文人学者的阅读口味，《天演论》通篇文辞古雅，使用汉以前的字法、句法，力避利俗文字。不仅如此，严复在43800字的译文正文之外添加了近41000字的按语、注释和其他说明性文字。由此可见，严复在翻译实践中似乎更加关注"达"和"雅"，而"信"并非头等重要。这与严复所处时代的意识形态和主流诗学密切相关。众所周知，清朝末年，一批主张改良变革的文人学者、知识分子渴望了解外部世界，接受西方的科学文化，而此时桐城派的影响依然强势。西方的科学文化必然要顺应当时的意识形态和主流诗学，否则不可能被接受。因此，以当时的文人学者、知识分子为主要潜在读者的西方科技、政治、经济、文学的翻译均对"达""雅"倍加关注。严复所译的《天演论》本属科技著作，但译文颇具文学风采，桐城派代表人物吴汝纶亲自为《天演论》作序，并在其中感叹："自吾国之译西书，未有能及严子者也……文如几道，可与言译书矣。"可见，清末的政局和主流诗学是影响严复、林纾等主要翻译家译文风格的主要因素。如此看来，严复、林纾等人在翻译实践中给予"达""雅"特别关注也就不足为奇了。

　　笔者认为，"信"，对原作所承载的信息而言，是忠实完整地传递原作的信息；对原作作者和译作读者而言，是一种责任；而对源语文化而言，则是一种文化取向，是译者文化伦理观的反映。翻译之所以为翻译，而不是原创，最根本的原因就是译作与原作密不可分的必然联系；离开原作，也就无所谓翻译了。"信"实际上是文学翻译的唯一标准，因为它涵盖了"达"和"雅"。原文"达""雅"，则译文"达""雅"，才称其为"信"；原文不"达"、不"雅"，而译文"达""雅"，译文何"信"之有？原文作者出于塑造不同类型人物的需要，有时会使用不"达"或不"雅"的文辞。例如，《红楼梦》中描写薛蟠、薛宝钗兄妹二人的语言，显然有雅俗之别：前者张口污言秽语，而后者谈吐言辞典雅。如果译者无视这种语言风格的差异，一概将其译成典雅语言，岂不弄巧成拙？

　　作为文学翻译的标准，"信"即译作忠实完整地传递原作的如下信息：

（1）结构信息；

（2）审美信息；

（3）风格信息；

（4）修辞信息；

（5）语用信息；

（6）文化信息；

（7）语法信息；

（8）语义信息。

　　因此，笔者认为，翻译文学作品最根本的标准是译文包含的信息应该和原文包含的信息相同，换言之，对文学作品的翻译不但不能出现超额翻译，也不能出现欠额翻译，翻译应该是使你翻译尽可能地提供所需

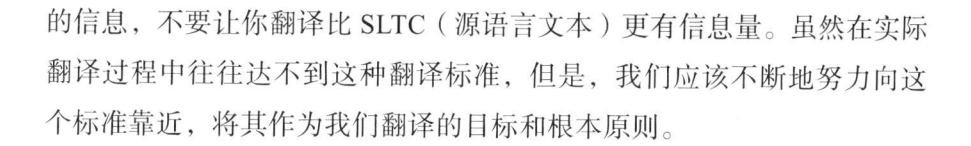

的信息，不要让你翻译比 SLTC（源语言文本）更有信息量。虽然在实际翻译过程中往往达不到这种翻译标准，但是，我们应该不断地努力向这个标准靠近，将其作为我们翻译的目标和根本原则。

二、文学翻译的原则

文学翻译最重要的原则是翻译用语要具有文学性，这个原则与俄罗斯形式学派的"诗化的语言"有异曲同工之妙。此外，文学翻译的另一个重要原则就是译文要具备忠实性，而非单纯地应用各类华丽的辞藻，如林纾式的"美言修辞"。所谓的"忠实性"并非是无视各种破坏译文流畅度的词句，如纳博科夫式和解构主义者提出的"悔言修辞"，而是在读者可接受的能力范围内选择恰当的语言表达。文学翻译内容丰富，一个卓越译者能在保持原文字句内蕴的基础上译出恰当的译文。

（一）文学翻译的文学性

随着时代的发展，语言科学不断进步，翻译研究已经从传统的讲求主观感悟转变为如今开展科学的、合理的研究。"语言的社会功能决定其形式选择"，以文学语篇为例，其最重要的社会功能就是文化交流、教化和欣赏功能，而且只有具备欣赏功能才能实现文化交流功能以及教化功能。因此，文学翻译的文学性至关重要。文学翻译的文学性指的是文学作品当中蕴含的独特的精神气质，它是人们欣赏文学作品感受其内在的关键，一般都潜藏在作品的艺术形式当中。如果一部文学作品没有文学性，就会给人以宿醉未醒、百无聊赖的感觉。

一般情况下，语篇具有两种类型的修辞手法：一种是积极修辞，另一种是消极修辞。消极修辞指的是译文没有任何额外的表现手法，只是进行简单的、顺畅的、详细的阐述；而积极修辞指的是译文不仅叙述详细、顺畅，还恰当地使用各式各样的表现手法，塑造出与实际情境相吻合的形象，形成独特的感染力。文学语篇恰当地应用积极修辞，使欣赏者能亲身触摸作品的实际形象,从中感受作品蕴含的内在情感,从而更好地鉴赏作品。因此,对文学语篇来讲,语言的应用至关重要。高尔基对此有相同的见解,他指出文学作品乃至宏伟巨著最核心的基础元素就是语言,所谓创作其实就是研究如何应用语言。译文和原文具备完全相同的社会功能,译文自然具备原文的所有特性,与原文一样使用文学语言。而译文为什么能变成全新的文学语篇?关键在于译文所使用的文学语言,译文使用的独特的"诗化的语言"充当该文学语篇文学性的根基。显然,译文所使用的语言及其自身具备的文学性就是一个译文的核心价值。

既然文学翻译的文学性如此重要,那么我国译者是否对此有所察觉呢?当然是肯定的,孔子曾言"言之无文,行而不远",我国汉代末年的译者在翻译佛经时就一直遵循此观念。当然,外国古代也有学者察觉到这一点,如西塞罗作为公元前 3 世纪著名的翻译家就曾提出翻译应该如同"演说家的翻译",他指出翻译用语要足够优美,具有极强的感染力和表现力。现代许多译者对文学翻译的文学性的研究和理解更加深刻,如郭沫若对于严复提出"信、达、雅"的翻译标准极为认可,他指出三者紧密相连、缺一不可,而且"雅"的重要性比"信"和"达"更高,但"雅"并不意味着要重视修饰辞藻,而是要使译文具备极高的艺术价值和文学价值。另外,国内的许渊冲、钱钟书、傅雷以及国外的加切奇拉泽、楚克夫斯基等专家学者都十分认可文学翻译文学性的重要性。文学性较强的文学翻译不但能完美地展现原文蕴含的文化价值和思想价值,还能增强译文对读者的吸引力。

(二)文学翻译的忠实性

文学翻译重视文学性理所应当,但一定要把控合适的度,如果一味地强调文学性就容易发生译者对原文内容进行适当创作的现象,如译者发现原文文学性不强会自主添加或删减原文内容,如此得出的译文只是一篇东拼西凑的随笔。例如，林纾在翻译过程中容易因为过分追求译文的文学性而适当润色或修补原文中的他认为不尽如人意的地方，如果发现原文存在败笔或弱笔之处甚至会对原文进行直接改写或删减。

当然，这种现象并不是只发生在中国，在世界范围内也时有发生。法国从17世纪到18世纪的翻译风格就是追求译文的文学性，译文足够华丽、远超原文甚至被认为是一种特殊的荣誉。俄罗斯译者在18世纪时对待原文的态度就十分随意，到18世纪末19世纪初甚至提出译文必须符合本国的习惯，对原文可随意改写。最典型的代表人物就是茹科夫斯基，他在俄罗斯的翻译界具有特殊地位，因为他曾经翻译和创作了大量的文学著作，但后世的研究者根本无法分清这些作品当中哪一部分是翻译的，哪一部分是原创的。另外，普希金和莱蒙托夫所有的译作同样是在原作的基础上即兴重构、改写、删减后得出的。

上述译文具有极强的文学性，辞藻华丽优美，欣赏功能较强，很适合人们阅读。钱钟书先生大体上认可林纾的翻译，他认为，译文要想实现文化交流和教化功能就必须具备欣赏功能，要能吸引人们去阅读。因此，林纾当时对文学著作《茶花女》以及《迦茵小传》的翻译深受人们喜爱，在某种程度上推动了中国封建伦理文化革命的爆发。当然，这种"美言修辞"的译作现在已经与人们的喜好相悖。

文学作品具备的文化交流功能、教化功能以及欣赏功能存在紧密的内在关联，这种关联要求译者在翻译过程中将文学性放在首位。但是，坚持文学性并不意味着可以忽视原文的内容，即译文要同时具备忠实性。文学翻译的实质其实是在原文基础上进行二次创作，因此，译者必须尊重原作，这是译者最基本的职业素养，也是翻译的根本原则。译文的忠实性同样要把握合适的度，不能超出读者的理解和想象能力，不能和译文的用语习惯相违背。否则，翻译就变成了硬译、死译，得出的也不再是译文。解构主义者对于更改译文结构持反对意见，因为他们认为翻译语言就能阐述原作的哲学思想。假如我们根据解构主义的翻译理念来翻译文学著作，就会很容易出现使用不同的语言的人们相互之间不理解的现象，这种情况下得出的译文不具备任何意义和价值。

当时享誉盛名的作家纳博科夫持有和解构主义者相同的翻译观念，他属于直译者中的极端分子。纳博科夫在实际翻译过程中坚持自己的翻译理念，最终发现这一理念是行不通的。比如，他在翻译著作《叶甫盖尼·奥涅金》（普希金著）时，发现直译根本无法阐述原文的真实内蕴，提出增加评论和注释来配合解释原文，甚至认为注释的篇幅可以比译文更长。最终，他发表的译文版《叶甫盖尼·奥涅金》多达四卷，共有1200页，但译文仅有228页，其余均为评论和注释。纳博科夫认为运用直译理念无法解释的内容，用其他翻译方式也不可能解释，他根本没想借助直译展现原文的内在精神。对此，托马斯·肖作为当时著名的评论家说道，纳博科夫的散文还可以称为诗文，他的译作《叶甫盖尼·奥涅金》还不如他的散文。

有些人将"学术翻译"的称呼赋予了纳博科夫的译作，但他本人并没有确定自己的翻译作品所具备的社会功能，而且由于他的译作只是根据自身的翻译理念得出的，根本不能称为"学术翻译"。纳博科夫的译作《叶甫盖尼·奥涅金》根本不属于文学著作，但如果站在客观立场上分析，他在译文中添加的评论和注释蕴含着非凡的学术价值，其重要程度远非译文可比，而且后世的研究人员通过研究这些评论和注释可清楚地知晓俄罗斯人民当时的生活状态，从这个角度讲，该译作同样具有重要价值。因此，纳博科夫的译作称为"注解"强过"翻译"。一般来说，译者很难苟同纳博科夫关于译作要加大量注释的这种极端观点。但在需要一个权威文本时，加注是十分必要的……纳博科夫《叶甫盖尼·奥涅金》的译本是一部标准的学术翻译的典型文本。

纳博科夫的译文是直译，即逐字逐句地翻译，虽然忠实性极高，但译文和原文相去甚远。在经过无数次的翻译实践之后，人们发现严格追求译作和原作形式相同、逐字逐句翻译的效果并不尽如人意，而且这类译作文学性并不高，而且晦涩难懂，读者根本无法耐心地欣赏。20世纪50年代，季羡林先生在阅读卢那察尔斯基文艺理论时也曾感叹自己根本无法理解该理论的译文内容："痛苦不堪，彻夜失眠，译文晦涩难懂，读了两章再也无法硬着头皮读下去。"哪怕季先生明知其是一座巨大的宝山，但"宁可舍弃宝山也不愿读了"。季先生都曾面临此等际遇，更何况普通读者了，可见译文内容的可读性至关重要。朱光潜先生曾说："世间有许多高深的思想都被埋没在艰晦的文字里，这对于文学与文化都是很大的损失。"①《鲁迅全集》厚如山石，书中全部内容并非都是鲁迅先生的话语，有超过一半的内容为翻译，除了专业的翻译工作者外，基本没人会阅读这些带有明显欧洲韵味的翻译。语言学专家在无数次研究后得出结论：任何一种语言的语法、表达方式和修辞手段都是与众不同的，根本不可能用相同的词语翻译成另外一种语言。如果译文与原文一对一翻译，不仅会使语言变得更加沉重和晦涩，还会偏离原文的内蕴。原作语言作为一种特殊艺术形态的基础构成，对读者有很强的吸引力，如果译文过于晦涩，不仅会打消读者阅读的兴趣，还会将译文的风格附加在原文上，损害原作的名誉。正所谓"译文达而不信者有之矣，未有不达而能信者也"②。这种译作不但会降低读者阅读原作的兴趣，还会缩减原作的阅读寿命。一般情况下，译者感觉译文晦涩难懂主要是因为自身观念与译者观念存在一定差别而产生的无意识行为，但纳博科夫译作的晦涩难懂是他自己主动造成的，是其特殊的翻译观念导致的，其不仅忽视了文学著作蕴含的艺术内在，还漠视了读者的欣赏心理。

一般情况下，阅读译作的人基本都是因语言问题无法欣赏原作的人，他们阅读的目的只是单纯地了解著作的内容，并非深入研究翻译。译者的目的也并非是研究学术问题，而是通过翻译文学著作使人们欣赏著作的美，受到著作的熏陶和感染。因此，译者不需要在乎评论家对于译文

---

① 朱光潜.谈写作[M].北京：北京教育出版社，2014：90.
② 钱钟书.管锥编[M].北京：中华书局，1986：75.

忠实度的评价，不需要在乎翻译研究工作者的素材比较，不需要在乎语言研究工作者对于两种语言的差别的比对，更不需要在乎自己的译作是否能充当文化研究的文献资料。"忠实"是译者最基本的职业素养，是翻译最基本的原则，语言的差异对"忠实"有一定的影响，因此，译者需要在忠实的基础上恰当地应用另一种语言翻译著作。

（三）文学性和忠实性的辩证统一

文学翻译需要重视文学性，但这并不意味着译者在翻译过程中可以完全脱离原作，自由地修改和书写，而是要时刻谨记不能盲目地追求译文的文学性，切忌林纾式的"美言修辞"。文学翻译同样要重视忠实性，但这也不意味着译者在翻译过程中逐字逐句翻译、硬译、死译等，切忌纳博科夫式的"悔言修辞"。只有同时具备文学性和忠实性，且两者达到辩证统一的译文才是一篇优秀的译文。

既然如此，那么对译者来讲，如何才能达到文学性和忠实性的辩证统一呢？一般情况下有两种解决方案：第一，译者在翻译过程中要分清源语和译语所用的语言，了解它们的用语习惯，翻译时要结合译语语句的结构和用语习惯将源语语句进行重新排列，切忌逐字逐句式翻译以及生拉硬套式翻译，以避免形成读音拗口、晦涩难懂的译句。另外，翻译过程绝对不能沉迷于语法。对此，思果先生曾这样说："原文放在译者面前，好像狱卒，好像桎梏，好像神话中诱惑男子的妖女，使译者失去自由，听其摆布，受其引诱。做翻译的人要拳打脚踢，要保持神志清醒，意志坚定，才能自由，才能不受骗。"第二，译文讲求忠实性，也要控制在一定范围内，如尽可能保证原文的句法结构、形式等不被破坏。文学翻译和文字翻译差别巨大，这种差别最显著的表现就是语言文化之间的差别。一般情况下，语言风格和句法结构之间有必然关联，因此，译文风格要想和原文风格相同，就需要完整保留原文的句法结构。但是，译文还要根据译语的用语习惯对译句进行重新排列，这一步同样至关重要。

显然，两者存在冲突，但这个冲突并非不能避免。译者可以通过精妙的技巧消除这一冲突，也可通过补偿的方法在译文当中重现原文的表现形式，正如"翻译不像洗一件衬衫，可以把它洗得干干净净，翻译像琢玉，可以琢磨个没完"。

"思想感情与语言是一致的，是相随而变的，一个意思只有一个精确的说法，换一个说法，意味就完全不同。所以，要想尽量表达原文的意思，就必须尽量保存原文的语句组织。"[1] 由此可知，译者在翻译过程中务必尊重原作，同时保证译文言简意赅、辞藻优美。虽然译文和原文的语言文化之间存在差别，但保证译文的文学性和忠实性并非不可能。卓越的译者会在源语和译语之间积极寻找关联之处，从而在保证原文句法结构不变或微变的基础上翻译出自然的、流畅的、与原文完美贴合的译文。当然，这样的翻译技法需要长时间的磨炼和反复多次的实践才能形成。思果先生在经过长时间的经验积累后得出一个全新的结论：大部分外文著作都可以直接根据原文的单词和句法的结构、顺序进行翻译，只需要在译句当中出现转折等关系时增添恰当的关联词，或者增添一些没有成分的、不重要的短句。当然，这样翻译也会碰到无法直译原文的情况，这时就需要对原文词语的顺序进行适当的变换。这样得出的译文不但清晰明了、通俗易懂，还能最大限度地保留原文的情感和语境。比如，将下列英文翻译成汉语：

...Take a word of advice, even from three foot nothing. Try not to associate bodily defects with mental, my good friend, except for a solid reason.

给你一句忠告，虽然我除了身高有三英尺之外什么都没有。我的朋友，除非你有一个充分的理由，否则绝对不要将身体的缺陷和精神的缺陷混杂在一起。

翻译这段话十分困难，因为原文中有两个独立的由介词短语组成的

---

[1] 朱光潜.谈文学[M].北京：北京大学出版社，2004：55.

句子，即 even from three foot nothing 和 except for a solid reason。译者在经过合理且充分的考虑后，不仅完整保留了原文的词句顺序和句法结构，还彰显了汉语的独特价值，此译法称为绝妙也不为过。但是，翻译应以原作为基础，忠实性是文学性的基础，如果翻译不注重忠实性而一味地追求文学性，那么译文就不再是翻译，而是创作。众所周知，优秀的译文应该是"亲切的母语中带着淡淡的异国情调，像扑面的晨风给人以清新的愉悦"。译者对于译语的优化其实就是在保持原作句法结构的基础上，追求讹与化、形与神、美与信既对立又和谐的过程。优秀的译者会主动寻找源语和译语之间的关联点，消除两种语言因用语习惯不同形成的差异，从而避免给人以生搬硬套的感觉，更加符合译语的用语习惯。①

古时候人们就在争论文学翻译是以美为先还是以信为先，但直到今日都没有得出准确的结论。如前文所述，文学语篇具有文化交流功能、教化功能以及欣赏功能，只有当欣赏功能发挥效用时，才能真正实现其余两项功能。读者喜爱的译文和译作一定是感染力极强的、辞藻华丽的文章和著作，所以文学翻译文学性的重要性不言而喻。同时，译者的职业道德素养以及文学翻译的忠实性要求翻译遵从原文。因此，优秀的文学翻译应该是文学性和忠实性的辩证统一。

三、文学翻译的过程

文学翻译的过程不是统一的，不同的译者、不同的语言、不同的风格的作品，其翻译过程是有差异的。大体来说，文学翻译的过程可以分为以下四个步骤。

（一）选择文本

选择翻译文本是文学翻译的第一步。对于翻译文本的选择，人们可能会认为其是某个出版社或某个译者的事，可以不受任何制约，但实际

---

① 郑海凌. 译理浅说[M]. 郑州：文心出版社，2005：87.

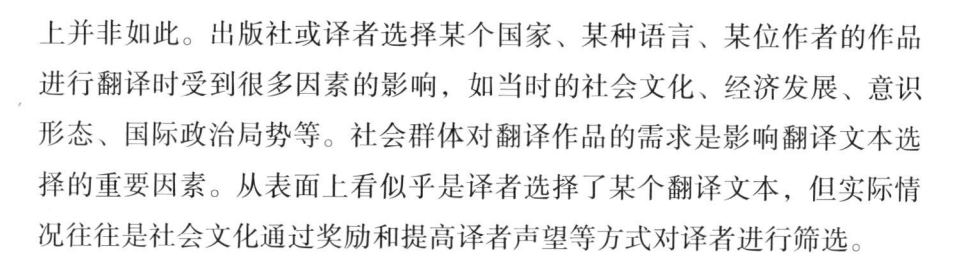

上并非如此。出版社或译者选择某个国家、某种语言、某位作者的作品进行翻译时受到很多因素的影响，如当时的社会文化、经济发展、意识形态、国际政治局势等。社会群体对翻译作品的需求是影响翻译文本选择的重要因素。从表面上看似乎是译者选择了某个翻译文本，但实际情况往往是社会文化通过奖励和提高译者声望等方式对译者进行筛选。

（二）理解文本

文学翻译的第二步就是理解文本。译者对原文的理解是翻译的基础和先决条件。译者与作者之间可能存在时空上的界限，面对这种情况，译者需要"从作品的有机整体出发……深入作品内部的深层世界，对文本结构系统的各个层面进行具体化的品味和认知"。另外，在翻译那些作者仍在世的文学作品时，可通过咨询作者来加深自己对文本内容的理解。

对文本的理解可以分为表层理解和深层理解。表层理解是对文本的字面意思的理解，如词句、典故、结构、韵律、节奏、各种修辞手法的运用等。深层理解是对文本的象征意义和文学艺术价值的理解。文学翻译的过程是表层理解和深层理解的统一，只有由浅入深，由表及里，由宏观到微观，才能深入理解文本的思想内涵，具体而言，译者要做到如下几点。

1.理解语言现象

（1）理解词汇含义。英语中的"一词多义"现象十分常见，而且有些词在原文中的意思是其引申意义，而不是其字面意义。因此，在翻译时，译者要特别注意英语词汇多义性的特征，认真阅读上下文，了解语言环境，从而确定词汇的真正含义。例如：

In the sunbeam passing through the window are fine grains of dust shining like gold.

细微的尘埃在射进窗内的阳光下像金子般闪闪发光。

原文中的 fine 一词不能根据其字面意义译为"好的",而应理解为"纤细""微小"。

(2)理解句法结构。英汉两个民族的思维方式、价值观存在明显的差异,这就导致英汉句子结构存在很大的差异。在表达同一个意思时,英语和汉语有时会采用不同的句法结构。因此,在翻译时,译者需要认真理解原文中的句法结构,并进行仔细分析。例如:

The greatness of a people is no more determined by their number than the greatness of a man is determined by his height.

一个民族的伟大和该民族的人口数量没有直接关系,正如一个人的伟大和他的身高也没有直接关系一样。

要准确翻译这个句子,就要正确理解 no more... than... 这一句法结构。当用它进行两者比较时,表示对双方都加以否定,通常译为"同……一样不""既不……也不……"。

(3)理解习惯用法。英汉两种语言都包括大量的习惯用法。有些习惯用法表面上看似乎英汉对应,但实际上却有着不同的褒贬色彩或含义。因此,在翻译的时候,译者必须准确理解这些习惯用法的准确含义,以免造成误译。例如:

Tom is now with his parents in London; it was already four years since he was a teacher.

汤姆现在同父母住在伦敦市;他不当教师已经四年了。

这句英文的翻译很容易出现错误,关键点就是句中的"since",该词后面跟着的"was"为过去式,代表该短句所描述的是一种已经结束的状态。如果不理解其用法,该句很容易被译为"汤姆现在同父母住在伦敦市;他做教师已经四年了",这样便和原文想表达的意思完全相反。

2.理解逻辑关系

从某种角度来说,翻译就是一种逻辑思维活动。由于英语重形合,而汉语重意合,在进行文学翻译时,译者必须首先从逻辑上理解句中各部分在意义上的关系，然后按照译入语的语法规范和表达方式加以处理。例如：

We realized that they must have become unduly frightened by the rising flood, for their house, which had sound foundations, would have stood stoutly even if it had been almost submerged.

如果对上文进行直接翻译的话，则译文为：我们认为他们肯定被洪水不断上涨的场面吓到了，因为他们那拥有坚固地基的、牢固矗立的房子几乎被洪水淹没了。

单从内容来看译文是正确的，但译文的逻辑存在一定的错误。译文中前半句说的是"他们肯定被洪水不断上涨的场面吓到了"，这表示他们认为洪水可怕，房子一定会被毁坏，但后半句的内容却是"拥有坚固地基的、牢固矗立的房子"，二者互相冲突。问题可能在于前半句中的关键连接词"unduly"，此单词可译为"过分地、不适当地"，但在原文中的意思可能是"不必过分担心、不必过分害怕"。

因此，原文可译为：我们认为他们面对洪水不断上涨的场面不必过分害怕，因为他们的房子地基十分坚固，即使它已经几乎被洪水淹没，也不会发生坍塌。

3. 理解文化背景知识

翻译是不同文化的移植，是把一种语言转化为另一种语言的行为，是两种文化的交流。[①] 因此，在进行文学翻译时，译者要充分考虑译入语文化和源语文化的差异，准确捕捉源语中的文化信息，对两种文化之间的转换进行巧妙的处理，尽可能把原文的信息忠实、准确地表达出来。例如：

Last night, an uninvited guest turned up to make five for bridge. I had the kind of paper book at hand to make being the fifth at bridge a joy.

[①] 何江波.英汉翻译理论与实践教程：A Coursebook on English-Chinese Translation Theory and Practice[M].长沙：湖南大学出版社，2010：45.

昨天晚上，来了一位不速之客，桥牌桌上多了一个人。我手头正好有一本平装书，我尽管没打成桥牌，却也过得很愉快。

桥牌是由四个人玩的，翻译原文时，译者就要了解桥牌的这一文化背景知识。若译成"凑成五个人玩桥牌"，就误解了原文的意思。

（三）表达文本

文本的表达即对文本进行创作。表达并非源语与译入语之间简单的语言转换，这个过程受很多因素的影响，也要遵循诸多文学翻译的标准，如"忠实""通顺""美"等。译者既要用最贴切、最自然的语言传达出与原文同等的信息，又要在语言形式、文体风格等方面与原文保持一致，还要符合译入语的表达习惯和思维方式。

此外，文学翻译不只是文字的翻译，更是作者艺术风格和特点的表达，老舍就认为文学作品的妙处不仅在于它说了什么，还在于它是怎么说的。具体而言，文本的表达应注意如下几点。

1.译文的措辞要准确

英语文学文本中常常会出现一词多义的现象，如果译者在翻译过程中只知道对号入座，势必会出现很多误译和错译的现象，因此译者必须有效结合上下文，理解词语的字面意思和内涵，以保证措辞准确。例如：

He put forward some new ideas to challenge the interest of all concerned.

他提出很多新见解，引起了有关人士的兴趣。

上述例句中 challenge 一词的基本含义是"挑战"，但如果将 challenge the interest 翻译为"挑战兴趣"则不符合汉语的词语搭配规则，而且措辞不准确，根据其深层含义译为"引起"更为准确。

2.译文要自然流畅

每一种语言在其长期使用的过程中都会形成一种约定俗成的表达习惯，这种表达习惯已经在语言使用过程中为人们所共同接受。英语和汉语分别具有不同的表达习惯，所以文学翻译中的表达必须符合译入语的表达习惯，保证译文自然流畅，易于接受。例如：

The idea that the life cut short is unfulfilled is illogical, because lives are measured by impressions they leave on the world and by their intensity and virtue.

"生命短暂即不圆满"这种观点荒谬无理，因为生命的价值在其影响、在其勃发、在其立德于世。

上述例句的翻译摆脱了原文语言结构的限制，采用符合汉语习惯的方法进行转译，突出了句子的含义，断句合理，结构清晰，译文自然流畅。

3. 译文要衔接和连贯

衔接和连贯是语篇特征的一个重要方面。一篇译文是否流畅关键在于其是否衔接和连贯。由于英汉两种语言的思维模式存在很大的差异，其语篇衔接方式也各不相同。因此，在文学翻译的表达阶段，译者应该保证译文的衔接和连贯。例如：

His quick expression of disapproval told me he didn't agree with the practical approach. He never did work out the solution.

他立刻表现出反对的表情，我可以理解为他对这种实际可行的方法并不赞同，但他也没有想到任何解决的方法。

上述例句的翻译将两个句子结合起来，使其意群得以衔接，译文通顺流畅。

4. 避免翻译腔

所谓翻译腔（translationese），也称"翻译体""翻译症"，是指文笔拙劣，也就是译文不流畅、不自然、费解、生硬、晦涩、难懂，甚至不知所云。这是因为译者在文学翻译过程中受到源语表达方式的影响。例如：

Perhaps the quickest way to understand the element of what a novelist is doing is not to read, but to write; to make your own experiment with the dangers and difficulties of words.

　　了解作家创作的个中滋味，最有效的途径恐怕不是读而是写，通过写亲自体验一下文字的危险和困难。

　　上述例句的译文将 the dangers and difficulties of words 翻译为"文字的危险和困难"是生搬硬套了词典的释义，结合上下文语境将其翻译为"遣词造句的艰难"比较妥当。

　　为了在翻译表达过程中避免出现"翻译腔"的现象，译者要在先读懂原文的深层含义之后再进行翻译，在翻译时要尽量摆脱原文表达形式的束缚。此外，译者还要掌握英汉语言方面的差异，恰当地采用多种翻译技巧进行翻译，以使译文更加符合译入语的表达习惯，且不违背原文的目的和意图。

（四）修改译本

　　译本的修改也是文学翻译过程的一部分。无论译者在翻译过程中采用何种翻译策略和技巧，一部翻译作品的完成都要经过多次的校对和修订。这些校对和修订常常是由译者以外的人来完成的，以规范语言的使用。

第三节　文学翻译的特点与功能

一、文学翻译的特点

（一）难译

　　文学翻译最主要的特点就是"难"，古语有云："蜀道难，难于上青天。"笔者认为译文的难堪比登蜀道。正所谓"译一本书比自己写一本书要难得多"。实际上,作者可能在某一刻灵感迸发时顺手挥毫泼墨就创作出一篇文学作品,其当时可能对作品的内在只有一个或具体或模糊的概括。显然,有些文学作品只是作者在偶然间触摸到"灵魂"后创作出来的,带有一定的"朦胧"感,因此想要用精准的数字形式来展现文学作品是根本不可能的。

对此,伟大的诗人罗伯特·布朗宁(Robert Browning)也有相同的见解,他曾说:"我在写这首诗的时候,只有两个人知道我的意思,即我和上帝。至于现在呢,那只有上帝知道了。"

王克非同样对此有自己的看法,他认为翻译的难点在于如何完美地呈现原文本身的"意"和"味"。

(二)可译

难译并不意味着所有的文学作品都不能翻译、所有的文学作品都属于"高山仰止,景行行止"的作品,国外和国内也存在大量翻译成功的作品,年轻的译者们可在遵循前人脚步的基础上获得新的成功。

钱钟书先生对于林纾的译文持半肯定的态度,他曾经这样说:"我这一次发现自己宁可读林纾的译文,不乐意读哈葛德的原文。理由很简单,林纾的中文文笔比哈葛德的英文文笔高明得多。"

二、文学翻译的功能

文学翻译的一项十分重要的功能就是消除不同民族之间存在的偏见和隔阂,加强双方的沟通和了解。不同民族因所处的地理位置、形成的文化以及实行的社会制度存在差别,很容易在沟通和交流时形成偏见和误解,最终使其形成难以逾越的心理障碍。要想打破这个障碍,唯一的方法就是积极推动障碍双方加深了解,而文学翻译就是一个有效的渠道。对此,鲁迅先生曾解释道:"人类最好是彼此不隔膜,互相关心。然而最

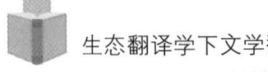

平正的道路,却只有用文艺来沟通。"显然,文学翻译对加深各个民族之间的了解具有重要作用。

除此之外,文学翻译还能促使各个民族和国家开发新的文学版图,发掘新大陆。一般情况下,各民族用本民族的语言创作本民族的文学作品,不同民族之间因语言不通无法实现交流和沟通,自然也无法相互影响、相互参考、相互欣赏。在这种情况下,各个民族只能在封闭的、刻板的文化系统中进行循环往复的文学创作。这样不但不利于本民族文学的发展,还限制了本民族文学的传播范围。当文学翻译出现并逐步兴盛后,这种固守一方的局面被打破。文学翻译不但能开阔本民族的视野,使本民族文学寻找到新的天地、新的视域,还能通过对其他民族文学的借鉴和参考实现本民族文学的创新。在19世纪和20世纪,世界多个国家的文学获得了超越时代的繁荣发展,这些国家都曾大量引进并翻译外国文学作品。18世纪末19世纪初,德国文学迸发生机,这和当时路德维希·蒂克(Ludwig Tieck)引领的翻译潮流是分不开的。19世纪,法国的伊波利特·阿道尔夫·丹纳(Hippolyte Adolphe Taine)以及斯太尔夫人(Madame de Staël)开办了一系列讲解意、英、德等国家文学的讲座,使法国文学迎来繁荣的机遇。20世纪中叶,美国文学在英国文学的熏陶下逐渐兴盛。对于拉丁美洲文学以及中国"五四"文学来讲,文学翻译同样发挥着重要作用。显然,文学翻译推动了各个民族之间的文学交流以及各个民族的文学发展。

文学翻译除了能加强各国、各民族之间的交流外,还能使那些在本国环境中无法生存或被遗忘的文学作品在其他国家的环境中绽放其应有的光彩,屹立于世界文学之林。卓越的译文可以视作在原文基础上进行的二次创作,其赋予原文新的价值和意义。每个国家都存在许多被冷落和忽视的文学著作,其原因是多方面的,但一般都与本国的文化传统以及社会需求有关,如果这些作品流传到某国后与当地的文化和社会需求相吻合,就会绽放其耀眼的光彩,这其中最关键的就是译者的翻译能力。

文学翻译除了具有上述功能外，还是本国、本民族作家受到其他国家、民族文学熏陶的主要介质，基于此，本国、本民族作家在创作时能展开更丰富的想象，拥有更开阔的创作思维。鲁迅先生曾经这样说道："天才们无论怎样说大话，归根结底，还是不能凭空创造。描神画鬼，毫无对证，本可以专靠了神思，所谓'天马行空'似的挥写了，然而他们写出来的，也不过是三只眼，长颈子，就是在常见的人体上，增加了眼睛一只，增长了颈子二三尺而已。"这一观念应用在文学当中也一样，即人们自身了解的知识和文化限制了自己的创作和想象。从某种程度上讲，一个民族对本民族文化的创新程度与自身具备的文化样式的数量和类型有很大的关系，好比一位著名的建筑设计师的设计是否新颖与自身知晓的特殊造型的建筑数量有密切的关联。无论哪个民族或作家想要实现文学创新，都必须增加自身的知识储备，参考全新的文学类型。译者翻译的文学著作多为其他民族的作品，与本民族的文学作品差别很大，具有全新的形式和内容，本民族作家在参考后很容易产生新的灵感，创作出有别于之前作品的文学作品。

第四节　文学翻译中的主体与客体

主体与客体属于哲学当中两个对标的定义。主体指的是与客体相对的拥有极强实践能力以及高超认知的人；客体指的是不属于主体的客观事物，它其实是主体开展实践活动和深层认知的主要对象。主体与客体在文学翻译中被赋予了新的含义，其中主体涉及原文作者、译者和译文读者；客体为原文文体与译文文本（the source language text and target language text，简称 SLT 和 TLT）。在原文作者、译者和译文读者三个主体中，译者发挥主导作用。三者的关系如图 2-1 所示。

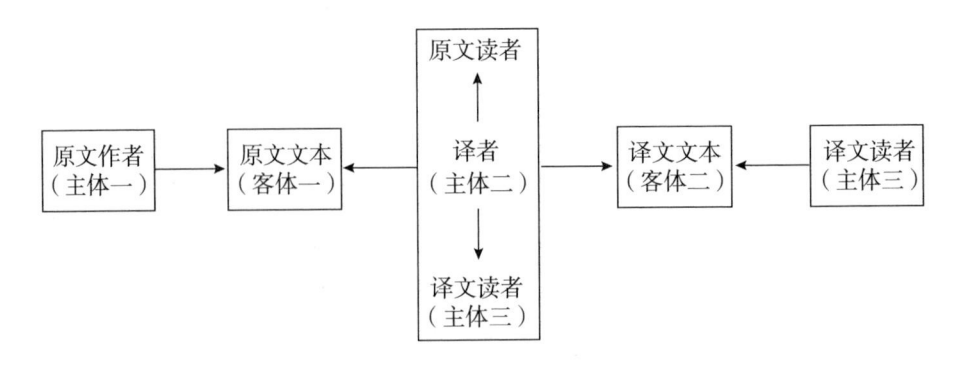

图 2-1　原文作者、译者和译文读者之间的关系

从接受美学的角度观照文学阅读和文学翻译,两者都是作者与读者的对话。然而,文学翻译的对话过程相对于文学阅读要复杂得多,因为它是二元双向进行的。译者是原文文本的读者,同时又是译文文本的作者。也就是说,译者在文学翻译中具有原文读者和译文作者的双重身份。当然,其中的对话也必须通过两种媒介展开,即原文文本和译文文本。但是,文学阅读和文学翻译有一点是相同的,即它们的对话都是间接进行的。如果两者的媒介是相同的,即文学阅读和文学翻译用的是同一种文本,则从理论上讲其文学价值的体现也应是相同的。然而,事实并不如此。作家的作品在完成之后,没有与读者见面之前,只能称为"第一文本",因为它只是处于一种"自在"存在状态。一经读者阅读,作品便摆脱了原来的"自在"存在状态,而成为"自由"的存在,即成为体现其文学价值的"第二文本"。如果说"第二文本"是在"第一文本"的基础上经由读者的阅读过程再创造的结果,那么译者需要在"第二文本"的基础上经由"共鸣""净化""领悟"等深层接受和阐释过程创造"第三文本"——译作。这是译者和普通读者最大的差别。普通读者对文学作品的阅读和理解可以是表层的,可以是浅层的,也可以是深层的,其效应因人而异,因性别、年龄而异,也受时空和读者接受动机的影响。然而,译者对原文文本的阅读理解必须是深层的。一般情况下,"第二文

本"的文学价值在译者的阅读和接受过程中的体现总是比在普通读者的阅读和接受过程中的体现更充分。否则,译作在成为"第三文本"时将与原作产生更大的距离,译文读者从译作中获取的信息量将大大低于原文读者从原作中获取的信息量。

由此可见,译者在翻译活动的主客体关系中处于中枢地位,起主导作用。但这并不意味着译者可以无视原文作者与译文读者的存在,信马由缰于文学翻译的全过程,译者必须关注自己在翻译过程中与原文作者和译文读者之间的关系,即翻译的主体间性。翻译的主体间性直接或间接地涉及如下几层关系:

(1) 译者与作者的读者关系。
(2) 译者与原作的译作关系。
(3) 原作文化与译作文化的关系。
(4) 译者与当下环境的关系。

在处理这几层关系时,译者解读原作的主观性、译者的文化取向和文化修养是主要影响因子。法国当代翻译理论家安托瓦纳·贝尔曼(Antoine Berman)曾对译者与其他主客体的关系做了如下描述:

"译者的翻译立场是译者在自己的翻译冲动(译者从事翻译的动力)、翻译任务(译者希望通过自己的翻译达到什么样的目的)以及内化方式(译者所处的翻译环境对译者产生的影响)之间达成的一种妥协。简言之,它是译者在面对'重制'原作时的一种态度,一种选择。这种态度或选择的基础是译者对原作的看法以及对翻译意义、作用或目的等的认识。同时,它也要受译者所处的历史时代、社会环境、文学氛围以及译者思想观念的影响。"[1] 由此可见,译者的主体性是有限度的。

首先,在译者的主体性作用于客体——原文文本时,译者与原文作者构成一种主体间性。这时译者应当意识到原文文本是作者的创造物,是

---

[1] 李新. 试析译者翻译立场的确立问题——《简·爱》两译本之评析 [J]. 时代文学 (下半月), 2012 (11):153.

作者主体性的具体体现，文本的意义是作者特定时期的真情流露、意图显现。译者不能无视原文作者的意图，不可脱离原文文本的意义而随心所欲，也不能完全抛弃原文文本的艺术表现形式而另起炉灶，因为译者与原文作者之间不是主仆关系，亦非仆主关系，而是一种平等的主体间的对话关系。虽然说文学翻译是"再创作"，但这种创作属于"二度创作"。"二度创作"与创作的区别在于后者可以天马行空，随心所欲，将个性特点表现到极致，而前者则不可以，它无疑要受原作的制约。"具体讲，译者发挥主体性和创造性时，有一个'度'的掌握问题：译者的创造必须在原著设定的界限内进行，必须忠实地再现原著的意和形，必须尽量适应和满足原著的风格要求；译者的个性切忌过分暴露，喧宾夺主……总而言之，译者的主体性和创造性的发挥，必须以不损害原著的思想内涵和艺术风格——特别是艺术风格为前提。"[1]要实现这一目标，译者在文化取向方面就要做出适当的妥协和平衡，一方面要避免民族中心主义的文化自恋；另一方面要力避洋奴哲学，不要一味地强调外国的月亮比国内的圆。语言是文化的载体，文化取向落实到文学翻译实践中便会体现在翻译策略的选择上。无论是归化、异化，还是将两者结合，是每个译者都必须面临的选择。

归化和异化的概念是德国哲学家和翻译家施莱尔马赫提出来的。他在1813年的《论翻译的方法》中指出："译员要么尽量不去打扰作者，让读者向作者靠拢；要么尽量不去打扰读者，让作者向读者靠拢。"美国学者劳伦斯·韦努蒂（Lawrence Venuti）则对归化与异化做了进一步的阐释，他于1995年在《译者的隐身——一部翻译史》一书中写道："施莱尔马赫使用了像'尽量'这样的限定词，说明他也认识到了译本不可能完全地再现原文的风貌，但是给译者提供了两种选择：一是归化法，用民族中心主义强行使外国文化符合译入语的文化价值，把原文作者带入译入语文化；二是异化法，用非种族主义将外国文本的语言文化特征强加于译

---

[1] 许钧.文学翻译理论与实践——翻译对话录[M].北京：译林出版社，2001：49.

入语的文化价值,将读者带入外国情境。"

由此可见,归化之争和异化之争实际是直译和意译的延伸,前者属于文化取向层面之争,后者属于语言技巧层面之争;前者是宏观的,而后者是微观的。然而,在文学翻译实践中,过度的异化和极端的归化都是不可取的。过度的异化会导致译文文本文化异质性(cultural otherness)太浓,使译文晦涩难懂,影响读者的理解与接受,不利于文化交流;极端的归化则会使源语文本的文化异质性流失殆尽,使读者难以接触真正原汁原味的异国文化,久而久之,世界文化的民族性将不复存在。

归化与异化并非一对对立的矛盾。明智的译者总会在两者之间做出巧妙的平衡,让译文读者在译文文本中既能听到原文作者的声音,又可见到译者的身影;既不使原文作者隐身,又不让译者遁迹,使原文作者与译者两个主体均得以适度再现。

其次,译者的主体性作用于客体译文文本时,译者与译文读者构成主体间性。这时的译者与译文读者是直接的主体与主体关系,而原文作者与译文读者则是间接的主体与主体关系,因为后两者间的对话交流是通过译者,准确地说,是通过译文文本进行的。这时的译者,对于客体一(原文文本)是读者,而对于客体二(译文文本)则是作者。理论上讲,客体一与客体二所承载的信息量应该是相等的。但文学翻译实践表明,这种命题只能是一种理想。道理很简单,因为作者与读者在个人修养、生活阅历、文学态度、审美理想、感知体验方式乃至意识形态、人生观等诸多方面具有不同的参照系。一旦文本创作终结,作者创作时的心境及由上述参照系所产生的语境便被固定在文本中。这时作者与文本分离,文本便成了等待被读者阐释的"符号世界"。就文学翻译而言,译者与原文作者的参考系不同,与译文读者的参考系也可能相异(尽管可能处于同一语言文化环境)。这方面的差别必然会影响译者对原文文本中的符号、代码、结构的解读,特别是召唤结构中空白的填充。众所周知,读者的阅读理解活动虽然由文本引起,但不完全受文本控制,读者所处的当下的文化生态环境与原文作者创作时所处的文化生态环境大相径庭,与译者的处境也未必相同。因此,原文文本在脱离其作者之后,便成为对所有读者(由不同的阅读共同体、不同的阶级以及不同的时代的读者组成的读者群体)、对所有语境(无论是历史的,还是现实的,抑或是可能的语境)开放的文本,甚至可以进入文本间的世界,因此对作品诞生前的历史上的其他文本,也具有了某种文本间的意义。由于先前那种面对面交流中的意义确指性消失了,文本便具有了各种各样的可能性,它的意义也可以无限地衍生,所以便产生了"一千个读者就会有一千个哈姆雷特"的命题,同一原文文本出现多种译文文本的现象也就不足为奇。

在文学翻译中,译者作为三个主体中的主导者,理应将原文信息尽可能多地传递给译文读者。与此同时,译者也应意识到,一部文学作品的意义潜能不会也不可能为某一时代的读者所穷尽,更不可能为某一个别读者所穷尽。译者只是成千上万读者中的一员,而非他们的代表,更不能越俎代庖,将原文文本中未定性的解读空间留给译文读者,一则是对原文作者和译文读者的尊重,二则不失为在译文中再建召唤结构的有效策略。

翻译界对于翻译到底属于艺术还是属于科学的争论持续了很多年,但从本质上讲,文学翻译一定属于艺术。因为文学作品就是艺术的一种,文学翻译当然也是艺术,而且是一种高级艺术。当代著名的翻译家许渊冲先生指出,文学翻译家要像画家一样使人如临其境,像音乐家一样使人如闻其声,像演员一样使观众如见其人。由此可知,文学翻译对译者的要求比较高。

译者想要保证自己的译作可以和原作具有相同的价值,需要从以下四个方面努力:

第一,深刻理解原作。译者首先要做的就是对原作进行详细、深入的了解，这是使译文传神的基本功，因为只有译者对原作有了充分的理解，才能运用新的语言对原文进行二次创作，展现原作的思想和风格。

第二，把握原作的风格。什么是风格？布封指出风格就是作者本人；而福楼拜却有更全面的看法，他指出风格不单单指作者本人，还指作者是一个拥有血肉之躯的、活生生的、具体的人。其实风格就是作者在文学创作过程中展现出来的独特的个性和艺术特性。文学作品风格各异的主要原因是作家的个性特质、艺术修养、立场观念以及生活观念大不相同，作家在塑造人物形象、选择合适的体裁、提炼题材等方面出现巨大差别。对翻译来讲，原作的风格比其内在意义要重要得多。

第三，了解双语的社会文化背景。在整个社会构架中，文学作品属于上层建筑，自然会在某个方面反映社会文化，这一点在译文当中也要有所表示，即译文需充分展现自身对原作当中的社会生活映像的反映和认识，或者重复的反映和认识。如果译者无法精准把握源语蕴含的社会文化背景，就无法用社会学、美学的眼光去分析和理解原作，更谈不上在原作精神的基础上进行高深的创作。

当然，译者不但要透彻地理解源语的社会文化背景，还要充分了解译语的社会文化背景，只有这样，译者才能选择恰当的翻译策略，使用恰当的语言进行翻译。

第四，具有良好的母语素养。曾经有一位在翻译界享誉盛名的学者将语言表达比作足球比赛，恰当的表达好比临门一脚。假设有位译者在学习了各种翻译理论后，想要翻译文学著作，在耗费大量精力和时间后充分理解了原作的内在，同时了解了所有相关的背景知识，此时好比球员已兵临城下，突入禁区，只差起脚射门了，但就是语言表达不过关，译文粗鄙不堪、不具美感，好比射门只能击中门柱或越过球网。

按照传统分类方法，文学翻译可分为四种类型：戏剧翻译、诗歌翻译、小说翻译、散文翻译。如今，有些专家认为影视翻译也应该包含其中。可见，各类文学翻译数不胜数，本书只是简单介绍了散文翻译和小说翻译，仅这两种文学翻译就需要译者付出长时间的努力、积累丰富的翻译经验，如此才能译出优秀的译文。

第五节 不同翻译理论下的文学翻译

一、交际理论下的文学翻译

西方翻译理论研究历来遵循两条路线：一是文艺翻译理论路线，二是语言学翻译理论路线。关于西方翻译理论研究，在历史上，翻译语言学派选择性地传承了 19 世纪施莱尔马赫、洪堡等人的语言学和翻译观。从发展的趋势看，语言学翻译理论路线已占据现代翻译理论研究中的主导地位。随着社会的不断发展变化，语言学和翻译理论研究也在不断发展，语言学翻译理论变得越发成熟，不再需要继续开展，只是研究单个句子的工作，已经开始向话语结构和话语交际方面拓展。

20 世纪五六十年代，随着时代的不断进步，在多方共同努力下，语言学在话语结构和话语交际方面逐渐成熟，人们继续开展语言交际学研究，在此基础上，不断探讨关于此方面的更为准确的研究方法。在这种情况下，产生了一种新的理论——交际理论。交际理论增加了语言翻译的"宽度"，是传统翻译研究的进一步拓展。

（一）交际理论的内涵

交际理论主要通过交际学和信息论两种方式，把翻译当作人与人之间的一种交流活动，也就是两个对话者表达信息以及讨论的一种方式，通过这种方式，对话者展开信息的交流，如果这种交流达不到比之前好的状态和效果，这种方式就是失败的，那么如何尽量避免这种失败？我们应该将关注点放在翻译者身上，要求翻译者有更高的理解能力和欣赏能力，因为翻译者的翻译对于整个交际过程具有重要作用，甚至会主导交际的走向。

（二）"动态对等"与"功能对等"两大翻译标准

20世纪50年代以后，语言学成为人文学科领域的主导者，而翻译被人们当作一种实现语码转换的媒介，是一种语言的语篇成分被另一语言中对等的语篇成分代替的过程，或是在译语中用最贴近而又自然的对等语再现原文信息的过程。以"对等论"为基础的语言学翻译途径被奉为翻译界的标杆，原文的地位被神圣化，原文的特征必须在译文中得以保留。换言之，原文具备的功能、风格以及内容等都需要完全保留或尽可能地保留在译文当中。

奈达在1964年发表了阐述翻译理论的著作《翻译科学探索》，1965年又发表了《翻译理论与实践》，他在这两部著作中明确提出核心句的概念，并创建了一种科学的、有效的、包含三个阶段的翻译模式。奈达在书中提出了四条翻译原则：①忠实于原文的内容；②译文与原文的文学体裁所起的作用一致；③考虑读者对译文的接受程度；④考虑译文将用于什么样的环境。奈达对翻译的贡献远不止于此，他接着在"动态对等"的基础上发表了令人震惊的"功能对等"的翻译标准。关于"功能对等"的翻译标准，奈达认为，对于语言，不应该只是将它看作交谈的工具，认为其只具有表达信息的作用，而应该将它的交际功能也看得和这些同等重要，因为对于语言的交际功能，需要从语义表达、人与人的关系、语气等多方面加以考虑，这与翻译的信息传递作用是相互对等的，即"等效"功能。奈达正是因为认识到了这一点，才明确地提出"功能对等"的翻译标准。[①]

关于上述"功能对等"的翻译标准，奈达在著作《语际交流中的社会语言学》一书中又进行了十分详尽的阐述，在"功能对等"的翻译标

[①] 王平. 文学翻译风格论[M]. 成都：电子科技大学出版社，2014：79.

准的基础上进一步研究了"最高层次"和"最低层次"之间的关系,他认为两者之间也应该体现一种对等原则,即"最高层次的对等"和"最低层次的对等"。也就是说,翻译工作应该做到:翻译表达的意思和作者最初想要表达的意思带给阅读者与观看者的感受一致。但要想做到这一点难度极大。所以,目前在这两个对等层次之间可以有各种不同层次的对等。进入20世纪80年代,奈达的翻译理论出现了较大变化。

(三)"语义翻译"与"交际翻译"的统一

"语义翻译"和"交际翻译"有明显的不同。前者对与原文的相似度要求较高,就像古文翻译中的"直译"一样,讲究逐词翻译、逐句翻译。后者则不同,只要达到译入语的要求就可以,就像诗歌翻译那样,追求"意译",只要整个翻译的意境达到了,翻译就完成了。纽马克指出,尽管"语义翻译"和"交际翻译"有不同之处,也不可以分割这两种翻译方法,而是应该将二者结合起来,尤其在一个翻译进程中不能单独使用其中一种方法,也不能说哪种方法更好。

二、解构主义理论下的文学翻译

"翻译理论的发展与每个时代的思想观念是密切相关的",这一观点自20世纪80年代末至90年代初对于西方翻译理论界的影响范围不断扩大,这种翻译"时代观"与之前的"传统翻译理论"相互影响、相互碰撞,在一定程度上冲击着"传统翻译理论"。尤其是关于"解构主义"的理念,经西方文论界提出后,迅速发展壮大,对当代国际译学界产生了深远的影响。

(一)解构主义与翻译观

著名的"解构主义"是由法国哲学家雅克·德里达(Jacques Derrida)于20世纪60年代提出的。1967年,德里达相继出版多部丛书,其中的《文学语言学》《声音与现象》《书写与差异》三部丛书标志着解构主义的建立。自此，解构主义不断发展，而且速度非常快，不久就掀起了一股关于解构主义的思潮。其主要代表人物包括法国的雅克·德里达、米歇尔·福柯和罗兰·巴特，美国的保罗·德曼、劳伦斯·韦努蒂等著名翻译理论家。

由此可以看出，德里达在"解构主义"的提出和"语言新词"方面的贡献是不可估量的。"语言新词"的出现是基于德里达对语言和传统哲学之间的关系的认识，他认为语言在一定程度上限制了传统哲学的发展，但是传统哲学的创新和进步又离不开语言的促进。所以，基于这一认识，他在"语言新词"方面开展了大量研究，有新的创造，也有对旧词的改革，由此形成大量的新词，并对许多传统理念产生了冲击。比如，"异延"（differance）这个词就与对本体论中的"存在"的理解相背离。如果把这样的解释带到文学阅读中，它的解释范围规定就是：在空间上的"异"（differ）和时间上的"延"（defer）中，它只是处在一个范围内，而没有准确的概率。解构主义学者为了进一步发展和演绎解构主义，又把其引入翻译理论，于是慢慢产生了解构主义的"翻译流派"，又可以称作"翻译创新派"。它之所以被称为"创新派"，是因为其不采取之前的翻译流派的保守做法，而是抨击逻各斯中心主义，主张用辩证的、动态的和进步的哲学观来对待翻译工作。后来，"解构主义流派"又进一步考虑文本的结构和意义之间的关系，得出两者都难以掌控的结果，然后在此基础上大胆提出翻译应该否定原文/译文，并基于此形成了多种相互对立的关系，从而提出一种全新的共生理论，即原文与译文之间、作者与译者之间应该是相互依存的关系，取代传统理论中的原文与译文、作者与译者之间被模仿与模仿的关系。解构主义学者着重关注"译文"，觉得"原文取决于译文"，译文的特性决定了原文的生存状态，译文对于原文来说是极其重要的存在，而且译文代表了原文表达的意思，原文需要依靠译文而存在。由此提出的"翻译文本书写我们，而不是我们书写翻译文本"可当作一个见证。解构主义的翻译思想还体现在"存异"而非"求同"上，与之前追求译文与原文的相似度不同，其尽量寻找解构主义思想的创新点。解构主义流派的创新远不止上文所描述的内容，在微观的翻译技巧方面，更是与之前的翻译流派差异巨大。总的来说，解构主义从形而上的角度看待翻译的特性与意义，从根本上改变了社会对翻译的看法。

（二）解构主义翻译思想的启示

综合以上描述，我们可以看出，解构主义无疑是一种彻底的反传统思潮，这种思潮对翻译理论与实践产生了重要且深远的影响。下面将对比展开叙述。

1. 译者和译文受到重视

解构主义从多个方面体现了翻译的重要程度。它所表达的是，所有文本都具有"互文性"，而翻译创作过程是一个无形式的文本互相抄印翻版的永无止境的操作。这种说法否定了之前人们认为的原文作者的权威性和中心地位，增强了译者和译文的作用。其实关于翻译的作用，从全球藏书中便可轻易得出结论，那么多的著作能够得以保存，与它们被持续翻译和注释是分不开的。

2. 对翻译原则和策略的创新

对翻译原则和策略的创新离不开解构主义翻译思想的积极创导者韦努蒂，他在三部著作——《对翻译的再思考》《译者的隐身——一部翻译史》《不光彩的翻译》中，一一探索了从德莱顿开始的西方翻译进程，尤其是一直以来过度推崇的"以目的语文化为归宿"的思想方向，同时创造了一种"反对译文通顺的抵抗式解构主义翻译"方法，具体体现在：①不赞同"通顺"和"归化"的翻译原则，斥责了当代英美翻译流派中以奈达为代表的归化翻译理论，认为他们只是将英语中透明话语的规定随意附着在其他文化身上，只是为了满足目的语文化的标准化，以此实现对另一种语言的控制；②深入探讨异化翻译的发展，最后得出结论：不管是不是异化翻译，翻译双方都应该平等对待，同时重视每个国家的语言，进而突破之前对目的语的过度限制。

三、阐释学下的文学翻译

（一）阐释学概述

阐释学（Hermeneutics）流行于20世纪60年代，在西方的哲学和文化思潮中，侧重于理解和阐释意义。阐释学起源于古希腊语，在拉丁文中为Henmeneuein，含义为"通过说话来表达意义"。词根Heroes是一个希腊神话中的人物，"赫尔墨斯"既作为奥林波斯诸神的使者，又作为宙斯的传旨人员，因此他会保护这些使者以及传旨人员。阐释学起初被赋予了神的使者的名字，表达的可能是对神的用意加以解释和理解。

阐释学最终成为一种普遍的方法论是由德国哲学家施莱尔马赫实现的。阐释学是由施莱尔马赫建立的，他将语义学和《圣经》注释的局部规则结合起来，致力于阐释文字的技巧，突出阐释学的核心，整体把关阐释过程中的各个环节，从而使其形成一个统一体，当然，重中之重是规避错误。他的观点是，文字的意义不仅局限于表面意思，为了避免随着时间的推移，仅在当时的时代背景下表达出来的含义被误解，需要通过特定的诠释技巧，重现当时的时代背景，再现文字的隐义。施莱尔马赫的阐释学有两种译法：①不干扰作者，让读者贴近作者；②不干扰读者，让作者贴近读者。其中，第一种译法是以作者为中轴线，第二种译法是以读者为中轴线。这两种译法优缺点各异，打破了传统直译和意译的界限，但是其局限性在于翻译者只能自始至终选择一种译法，不可互换。

施莱尔马赫指出，翻译人员必须保留原文的语言特点，将国外语言融入本国语言体系，而不要把本国语言融入国外语言体系。总体来讲，施莱尔马赫在《论翻译的方法》中清晰地刻画了译者的形象，即译者是一个主动、灵活的个体，可以在读者的理解范畴内向其传递作者所要传递的信息。

德国哲学家狄尔泰在实证主义的熏陶下，继施莱尔马赫之后，进一步推进了阐释学的发展。狄尔泰致力于精确表述历史科学，使之像自然科学那样准确。超越时空限制的最有效的方法便是文字著述，它是对文学、艺术、哲学等精神文化进行的创建。因此，狄尔泰同样认同最基本的阐释活动是对文字的理解与解释，于是他进一步意识到"阐释循环"在文字解释过程中的现象。1900年以后，狄尔泰开始关注现象学，注重在阐释过程中剔除经验学的主观部分，重复别人的意向，并在这一过程中运用了胡塞尔的"意向性客体"理论。

现代阐释学结合了传统的阐释学和现象学。主要的两位代表人物分别是德国哲学家海德格尔和伽达默尔。阐释学重在研究过往作品，认为了解和认知经典的途径是批评。

阐释学的理想是完全复原作者的思想和意愿，但是绝对精确地复制原作者的意思是一种空想，这一点曾经遭到很多人的反对。批评者也致力于解决这一问题，但是在实践中不断遇到新的问题。因此，"天真的阐释学"也成了美国批评界对阐释学的称呼。

（二）阐释学中的理解与翻译

阐释学的基本意义是"解释的艺术"，施莱尔马赫、狄尔泰以及当代存在主义哲学家海德格尔和伽达默尔发展了阐释学，扩大了其研究范围，他们认为阐释学不仅仅是一种诠释技巧，而且是人们在不同社会环境中进行解释和理解的理论和实践。阐释学不是一门孤立的、单一的学科，它有八个主要分支：第一，释经学（解释《圣经》）理论；第二，一般语言学方法论；第三，理解语言的科学；第四，研究人文科学的基础方法论；第五，存在与存在思维的现象学；第六，为理解神话、象征和行动背后隐藏的意义所使用的解释系统;第七,关于解释过程及其有效性的理论;第八,研究社会环境中的人的阐释学经验学派。袁洪庚在《阐释学与翻译》一文中提出:阐释学与翻译的联系主要在于如何解释出发语与归宿语之间纯语言差距之外的文化和思维差异,如何较恰当地理解出发语、表达归宿语。译者既是原作的读者,也是原作至关重要的阐释者,众多的译文读者是根据译者的翻译和阐释去理解原作的。所以,阐释是贯穿翻译全过程的一个重要环节。由于翻译中的阐释主要是心理上的,是融汇于公认的理解与表达这两个环节之中的,译者不会经常自觉地感受到它的存在。直观地看,阐释过程的确是不易同理解和表达过程截然分开的。翻译中的阐释即是译者对出发语文本在理解基础上做出的判断、解释,是译者在用归宿语诉诸书面表达之前的心路历程,是附着于理解与表达这两个环节的。如果对较为笼统的"理解—表达"程式做出修正,加入阐释环节,即是"理解(+阐释)—(阐释+)表达"。理解是与实践和文字表达紧密相关的,而阐释这一中间环节是对理解的内心解说,是"隐形"的,是"意指",即领悟文本的字面意义和联想意义之间的联系和区别。若把阐释学中关于阐释的片面性、以两个甚至更多方式意指同一事物的可能性等思维方法引入翻译研究,对于探讨乃至解决一些颇受争议的理论问题,如可译性与不可译性、直译与意译、内容与形式以及神似与形似等,将大有裨益。

(三)文学翻译中的视域融合

哲学阐释学的真正创始人和主要代表人物伽达默尔将阐释学上升至哲学层次,着重理解其具有的广泛性和普遍性,认为阐释学的现象是全人类的实践经验,从而奠定了阐释学以理解为中心的哲学根基。

伽达默尔认为,历史性应该从不同的"视域"对待文本以及主体演变过程中的历史背景。由此推断,译者应该注重文本的过去背景与主体的现在背景相结合,这样理解更加全面,所以也被称为"视域融合"。

"视域"指的是理解的起点、角度和可能的前景。阐释学的哲学层面同时更新了"偏见"和"前理解"的解释,从传统意义上说在每一次诠释中都应剔除"偏见",而现代层面的哲学阐释学,肯定了"偏见"或"前理解"这种人为的不可避免的条件,因为其起源于历史文化。因此,人们会被限定在自我固有的视域之中,相应的理解是将不同的视域进行整合。伽达默尔表示作品呈现的重点是文本意义的准确提取,即读者所呈现的理解和领悟。

伽达默尔认为,理解是历史和现代的融合,是文本的过去和主体的现在的整合,可以称之为"视域融合"。文本解释和获取的过程中存在不同的视域:一是文本本身,二是理解者。获取并领悟文本,阐明文化和传统也是一种视域。理解可以被视为理解者与文本本身的沟通,理解者将文本的信息呈现出来,并提取其意义。

翻译不仅是各国不同的语言文化的交流,也是心理和思维的进程。译文应尽可能地接近原文,并以理解为根基。翻译并不是简单地拷贝,译者本身所处的文化背景以及主动性对翻译具有一定的影响。译者翻译原文的过程,无法规避其自身的生活经验、知识背景、个人风度、审美水平和欣赏品位等主观因素,这些因素必然会被带到阐释之中。

过滤现象在意象、内容、形式等各方面都可以从文学翻译作品中体现出来。因此,文学翻译的过程既是视域融合的过程,又是阐释的过程。*Uncle Tom's Cabin* 现在至少有 9 种中译本。清朝末年林纾和魏易合译的《黑奴吁天录》、20 世纪 80 年代初黄继忠译的《汤姆大伯的小屋》和 21 世纪初林玉鹏译的《汤姆叔叔的小屋》这三个译本产生的社会历史背景迥异,具有较强的代表性。此外,郭沫若翻译《浮士德》前后经历了近 30 年,就是为了进入源语文本的世界,领悟作者的原意,使自己与歌德少年和晚年时的思想感情融合。

阐释学结合了确定性和开放性,注重文本内外两种视域的融合,译者也充分考虑了主客观的问题。1975 年,美国著名思想家乔治·斯坦纳

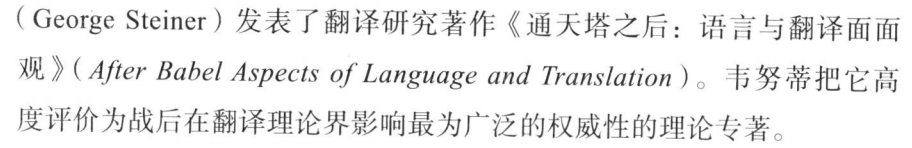

（George Steiner）发表了翻译研究著作《通天塔之后：语言与翻译面面观》(*After Babel Aspects of Language and Translation*)。韦努蒂把它高度评价为战后在翻译理论界影响最为广泛的权威性的理论专著。

斯坦纳将翻译过程定义为语言产生和获取解释的过程。语言和翻译互为彼此的基础，语言通过翻译才得以呈现，同时完整的语言又是翻译的根基。作为翻译和理解的基础，语言存在共性问题，在强调语言的共性时，不可忽略语言本身的个性。否则，语言的理解便会模糊，偏离客观性。斯坦纳还认为，理解与翻译密不可分，甚至可以融为一体，并详细研究了翻译的难点——语言。他进一步指出，在理解层面，文学语言区别于交际语言，具体表现在：①理解交际语言要摒弃、剔除与语境无关的信息，以相互合作达成意向传递；②文学语言要注重考虑复义词语，不仅要注意复义词语之间的关联，还要考虑它们在相互作用下传递的微妙语义。

为了说明理解的困难以及翻译与理解的密切关系，斯坦纳特别以莎士比亚的作品为例进行了阐述。他认为，要想理解莎士比亚的作品中的一段话语，不但要分析词汇与语法，还要联系整个作品、创作手法以及伊丽莎白时代人的说话习惯。总之，做到透彻的理解，从理论上说是永无止境的。

四、全球化语境理论下的文学翻译

（一）全球化语境理论下文学翻译的文化性

翻译的本质及机理是对原文进行改写和处理，不仅包括语言符号的变换，还包括跨文化的转换。翻译研究的重点不是原文的简单叙述，而是译作功能。译作重视译入语文化的功能。文学风格作为作者艺术造诣的标志，将主体和译文、内容和方式加以整合，呈现出作家创作的成熟性和高水平的作品。文学风格的基础和重心是作品风格，包含时代背景、民族特色、流派门户风格等。它是一种特殊的文学现象，来源于文学活动的创作过程。文学风格泛指作家和作品呈现出来的品格，是作者呈现出来的特有的稳定的创造力，也表现出语言和文体的成熟性，这就是人们常说的作家的徽记或者指纹。

文学信息包含众多因素，如美学、文化传统和意识形态等，这使得交流成为翻译的重要组成部分。传统的翻译是语言的转换过程，将重点放在了语言之间的差异上。但是，语言的交际不是信息的直接传递和互换，语言的系统文化和信息的本意的传递之间密不可分，文化差异是翻译过程中常见的问题，而非语言差异引起的，文本的可译度与文化信息的含量直接相关。文学语言的歧义性意味着文学翻译的艰巨性，而文学语言的歧义性大多与文化传统有深厚的渊源。外来文化的异质性是相对陌生的，但又具有鲜活的生命力，可以促进文化的发展与更新。

（二）全球化语境理论下文学翻译的科学性

在翻译理论家的行列中，大部分人会把翻译当成艺术，或者称它为科学，因为他们把翻译作品看成艺术品，或者认为其具有一定的科学性或学术性。屠岸提出这两种说法都有各自的道理，而张谷若则认为翻译既是科学又是艺术，应该是科学和艺术的结合体，并进一步概括了翻译的具体性质。首先，翻译工作是有法可依的，也具备一定的规律；其次，正是因为翻译的科学性和艺术性，高水平的翻译进入了可以进行再创造的境界；最后，经过深入地研究和认识，根据翻译的法则和规律，译者把行而不见的言辞落实到了笔墨纸端。在此基础上，刘宓庆提出了更深层次的看法，他说："翻译过程需要感性的经验和理性的提升，它从理论出发，最终又将其付诸实践。其实，它综合了科学和艺术两者的共性。单纯地就翻译工作而言，它的基本机制要求的是科学性，这是第一属性，而艺术性是它的表现机制。即使两者密不可分，在认识论上也必须坚持泾渭分明，否则将会推翻翻译的方法论。虽然翻译学的艺术理论非常重要，但它解决不了翻译的根本问题，它只是美化了翻译过程的动作效果，所以艺术性只能被评为翻译的第二属性。"

人们普遍认为，在科技领域，翻译以科学为指导，以忠实于原文为原则，达到与原文等值或等效的效果；在文学艺术领域，翻译以艺术为指导，无法做到完全忠实于原文，它并非简单地转换两种语言，无法完全实现与原文等值或等效。

翻译的理论研究要以哲学和文艺为出发点，既艺术地体现形式的风格、风韵、精神等，又狠抓分析，确保客观、精准和科学。[①]

（三）全球化语境理论下文学翻译的艺术性

既然文学是艺术，那么文学翻译也是艺术语言差异形成的原因之一。任何译文都处"过"与"不及"两个极端的状态，而中文表现得更为突出。所以，翻译作品所出现的这种客观结果是不可否认的，其与原作之间形成这种关系也是不可避免的。

既然文学翻译不能保证绝对的忠实，那么相对"忠实"就成了翻译必须遵循的基本原则。通过更加深入地探讨文学的特质和文学翻译活动，就可以明白其中的缘由。

形象性是文学作品的另一显著特征，它是依靠作家的想象力塑造出来的，在现实的世界里没有这样的情况发生，所以，文学作品具有一定的情感性、审美性和想象性。作家按照自己想象的艺术世界创作的文学作品，其创造性主要体现在理想状态的层面，现实生活中不可能存在，而其价值也不在于对理想的实现，而在于实现理想和追求真理的活动过程。作者在这个活动过程中发挥了自己最大的潜能，实现了自我的最高价值，并享受到了进步的喜悦。在作者看来，这是对现实中不完美生活的超越，是生命的一次升华。因此，当面对这种理想的文学作品时，读者要积极调整自己的心态，追求和靠近作者心中的理想和真理。

---

① 黄振定.翻译学：艺术论与科学论的统一[M].上海：上海外语教育出版社，2008：77.

其实，翻译活动就是对原作进行再创造的过程，翻译活动的这个本质属性不会改变。所以，为了能完整地展现原作的艺术世界，翻译活动可以二度创作文学作品，只是二度创作要忠于原作的精神。沟通是翻译活动的根本目的，需要译者进行忠实地传导。在关于忠实的问题上，决定权由译者把控，而发言权则取决于读者。为了能给读者再次呈现出一个美轮美奂的艺术世界，翻译工作者应该潜心领悟原作的含义，正确认识自己的主体作用，以精准地还原原作的描述。虽然客观上文学翻译无法做到绝对的忠实，但是主观上其忠实标准没有破坏原作的内容。

译者只有与作者经历同样的思维过程和创作历程，才能形象地呈现文学作品中的形象。因此，一部完整的文学翻译作品是译者和作者共同创作的成果。原文要在译入语中呈现和延续文学价值，少不了译者的劳动创造。译者对原文进行理解和诠释，其翻译创作和文学创作同样有意义，同时也实现了文学价值。

第三章　文学翻译的生态环境

第三章 文学翻译的生态环境

第一节 文学翻译的生态环境概述

一、翻译生态环境的概念

翻译生态环境与翻译适应选择论同宗同源,同时诞生。就像论述生物的生存、变异离不开生态环境一样,讨论翻译也离不开翻译生态环境。在生态翻译学中,"翻译生态环境"是领先的核心概念之一。胡庚申最初给出的翻译生态环境的定义是:原文、源语和译语所呈现的世界,即语言、交际文化、社会以及作者、读者、委托人等互联互动的整体。翻译生态环境是制约译者最佳适应和优化选择的多种因素的集合。[①]随后,胡庚申拓展了翻译生态环境的外延和内涵:"翻译生态环境有大环境、中环境、小环境之分;翻译生态环境既包括语言内部环境和外部环境,又包括物质环境和精神环境,还包括主体环境(如译者、作者、读者、出版商、洽谈商、审稿人等)和客观环境(如原文本、译本、文体功能、翻译策略、翻译规约等)。"[②]许建忠在其《翻译生态学》一书中对翻译生态环境的定义是:以翻译为中心,对翻译的产生、存在和发展起着制约和调控的作用的 N 维空间和多元环境系统。他将翻译生态环境分为翻译的外部生态环境和翻译的内部生态环境。前者包括三种环境:一是自然环境;二是社会环境;三是规范环境,如经济、历史、政治、哲学、道德等都属于这一范畴,它们对于翻译具有促进、妨碍、渗透等作用。后者则包括翻译相关人员的心理环境以及生理环境。[③]方梦之认为,翻译生

[①] 胡庚申.翻译选择适应论的哲学理据[J].上海科技翻译,2004(4):1-5.
[②] 胡庚申.生态翻译学:建构与诠释[M].北京:商务印书馆,2013:18.
[③] 许建忠.翻译生态学[M].北京:中国三峡出版社,2009:12.

态环境就是对翻译主体的生存、发展造成影响的所有的外界环境的总和。这里提到的翻译主体是广义上的，也就是进行翻译活动的所有的生命体，如译者、读者、赞助人、出版方、编辑等；[①] 外界环境则指的是和翻译活动相关的一些社会政治环境、语言文化环境等。

迈克尔·克罗宁（Michael Cronin）分别在自己的两部著作即《生态翻译：人类纪时代的翻译与生态》和《翻译与全球化》中对翻译和生态之间的关系进行了论述。他从生态的角度对翻译进行思考，从翻译的角度对生态进行关注，在环境人文学的视角下进行翻译研究，以人与自然的关系作为切入点，对生态和翻译之间的关系进行探讨，把翻译研究延伸至生态环境中，使其变成人类生态链、自然界的一个环节。克罗宁与胡庚申的观点有很大的不同，克罗宁是站在环境人文学宏观角度对翻译进行探讨，这里的环境有实际指向意义，然而在其著作中并没有发现"翻译生态环境"这样的专业术语。我们所说的"生态环境"一般都有隐喻类比的含义，与克罗宁的主张存在很大的差异，但是从宏观角度讲，其主张还是有很多可以借鉴的地方。

二、翻译生态环境的构成

从前面所说的和翻译生态环境相关的定义尤其是从后面具体的研究中我们不难看出，翻译生态环境具有内部与外部因素，不管是对内部因素的探讨，还是对外部因素的考察，生态翻译学在研究取向方面都是非常清晰的，即重点关注生态平衡的相关问题。从理解翻译生态环境到理解生态平衡的延伸，实际上也就是二者相融合的过程。在此过程中，生态翻译学作为综合性非常强的学科，需要以生态学、翻译学的平衡点作为研究对象。那么，应该怎么寻找这个平衡点呢？

生态翻译研究范式以生态整体主义为理念，以东方生态智慧为依归，

---

① 方梦之.论翻译生态环境[J].上海翻译，2011（1）：1-5.

以"适应/选择"理论为基石，系统探讨翻译生态、文本生态和"翻译群落"生态及其相互关系和相互作用，致力于从生态视角对翻译生态整体和翻译理论本体进行综观和描述。[①]生态学与翻译学相互交叉，其交叉点存在于自然界和翻译的生态环境中，我们可以简单地称之为"译境"。不管是译境的概念内涵还是外延，相比于翻译语境都更加宽广，原因在于其构成要素包括原文、源语以及译语系统，是译文生存状态与译者的总体环境。它既是制约译者最佳适应和优化选择的多种因素的集合，又是译者多维度适应与适应性选择的前提和依据。[②]翻译生态环境是译者在翻译过程中构筑起来的与两种语言文化相关的主客观因素互动的总和，包括四个关键因素：译者、原作语境、译语语境、要素互动。这正是生态翻译学系统探讨的四大要素：翻译生态、文本生态、翻译群落生态及其相互关系和相互作用。因此，生态翻译学从生态理性的视角综观翻译，弥补了翻译研究以往理性工具的不足。

翻译生态环境是各种要素交织在一起形成的，是翻译活动存在、发展的自然因素与人文因素聚合在一起的总体环境。生态环境是硬币的两个面：一面是生态，一面是环境。二者既独立存在，又相互交织成一个新范畴。同理，翻译生态环境也包括两个面：一面是翻译生态，一面是翻译环境。下面我们对其进行先分再合的探讨。

（一）翻译生态

生态指的是生物与生物之间、生物与环境之间相互作用和联系的状态。简单来讲，生态就是生物在所处环境中生存的状态。由此可以这样表述翻译生态：翻译主体之间以及翻译主体与自身所处环境之间相互作用和联系的状态。换句话说，翻译生态就是翻译主体在所处环境中的生存以及工作的状态。对于翻译生态的研究需要对生态学内涵加以借鉴，

---

① 胡庚申. 生态翻译学：建构与诠释[M]. 北京：商务印书馆，2013：13.
② 胡庚申. 生态翻译学：建构与诠释[M]. 北京：商务印书馆，2013：89-90.

对其生态结构进行建构,对其生态功能进行研究,从而揭示翻译生态的规律,阐述翻译生态的演进过程、翻译行为以及评估的标准。

翻译主体在翻译生态场中形成关系,并由此产生内部环境(主观环境),而翻译生态又在一定的翻译环境(客观环境)中生存和发展,受到翻译环境的制约。

(二)翻译环境

在生态学中,环境特指人类周围的自然现象的统称,可将其分为多种类型,如经济环境、社会环境、自然环境等。当代的环境科学是一门综合性很强的学科,它研究的是环境和人类之间的相互关系。翻译环境指的是翻译活动涉及的外部环境,也就是客观环境,它是社会政治环境、自然经济环境等的综合。

在实际的翻译过程中,有些问题是翻译人员无法回避的,如什么是翻译?翻译是为了谁?应该怎样翻译?应该什么时候翻译?想要解答这些问题,翻译人员就必须对翻译的功能以及翻译所处的环境有一定的了解,并且以此为依据做出一些选择,如文本的选择、语言风格的选择、读者定位等。翻译决策不只是由翻译者的个人爱好与语言知识决定的,社会文化环境对其也有着很大的决定性作用。翻译活动的发展方向受经济、文化、社会环境的影响。由于历史时期不同,不同的社会环境也会对翻译活动造成一定的影响,使得译作带有时代的烙印。

三、翻译生态环境的术语体系

当一个新的概念形成时,形容这一概念的专业术语也可能就此形成。术语是某个学科区别于其他学科的关键标志。术语的科学性、规范性和系统性能够体现相应学科的发展水平。对于译学体系构建来说,其重要因素就是译学术语,译学术语也是映射译学研究方向的镜子。生态翻译学在20年里经历了从无到有的过程,这可以从术语形成过程中发现端倪。生态翻译学的整套术语完善且成熟的时候，也就是翻译生态学这门科学被正式确立的时候，这套术语能够被用于对研究对象、研究方法、研究目的等概念的描述，同时在生态翻译学的发展过程中，被一次又一次地完善。对于整个生态翻译学而言，其术语体系与概念体系都是非常庞大的，这里只列示其核心概念"翻译生态环境"的相关术语。

由图3-1可知，"翻译生态环境"由"翻译生态"和"翻译环境"两大概念组成。"翻译生态"由其次级概念"翻译群落""自然选择""翻译生态伦理""和谐共生"等组成。同时，"翻译环境"可以分为"语言文化环境""社会政治环境"和"自然经济环境"。这些概念又可逐级细分。

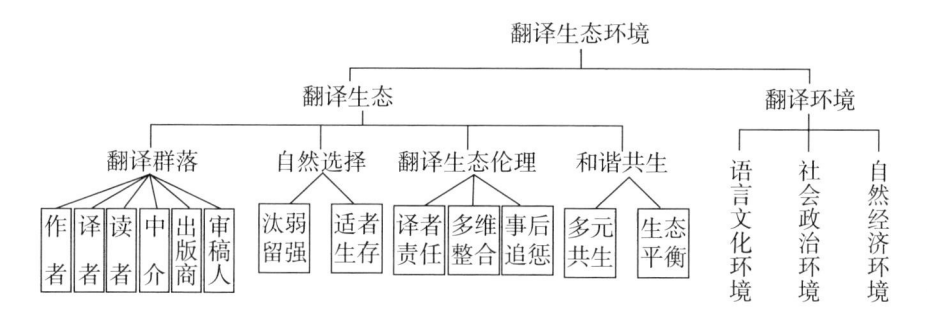

图 3-1 翻译生态环境

生态翻译学是一个创新的译学分支，图3-1中所列只是其范畴之一，它的术语系统显然也比较庞大，包括关联序链、生态范式、生态理性、文本生态、文本移植、平衡和谐、多维整合、选择性适应与适应性选择、三维转换、整合适应选择度、翻译适应选择理论、翻译生态平衡等。[1]生态翻译体系不仅包括翻译生态与生态翻译，更多地指向具有生态范式的关联序链、生态整体主义、生态理性、生态平衡、文本生命等。

---

[1] 方梦之.生态范式方兴未艾——胡庚申教授新著《构与释》[M].北京：商务印书馆，2013：95.

四、翻译生态环境的层次

一切生物进行的所有活动都是在动态且系统的生态环境中完成的。而翻译是人类的一种社会活动,同样也是在翻译环境中发展起来的。从系统论的角度而言,系统并不是一个浑然天成的统一体,而是由多个层次组合而成的。翻译生态环境并不是平面且笼统的,在理论上可以粗略地分为大环境、中环境以及小环境。这里的大环境就是宏观翻译生态环境,中环境就是中观翻译生态环境,而小环境就是微观翻译生态环境。在理论上对翻译生态环境进行分层有利于对其不同层次的内涵和作用加以明确。从宏观上讲,不同国家的语言政策以及政治制度都是不一样的,语言集团不同,翻译的政策也就不同。从中观上讲,即使对于同一个国家来说,文学翻译和应用翻译在翻译的生态环境上也同样存在不同之处。从微观上讲,翻译研究本身的内部结构不同,如理论应用、批评、历史等[1]。

(一)大环境

翻译就是在特定生态翻译环境中进行决策的过程。翻译活动的发展趋势受社会发展状况以及经济环境的影响。在翻译过程中,始终会有文化的介入,很多文化因素如审美取向、道德伦理等对于翻译的影响是非常大的,之所以会出现选择文本、增减译文等情况,在很大程度上是因为受到了时代文化的影响。

从宏观上讲,在进行翻译活动时,译者要对政治立场、国家利益等问题予以考虑。近些年来,我国翻译界十分关注讲中国故事、构建中外对话体系等话题。对于这样的时代要求,黄友义表示,作为译者,需要做好两方面的工作:一方面是在用中文写作时具有国际视野;另一方面是在翻译活动中具有国际视野。在外宣翻译中,只注重文学是不行的,

---

[1] 胡庚申.生态翻译学解读[J].中国翻译,2008,29(6):11-15,92.

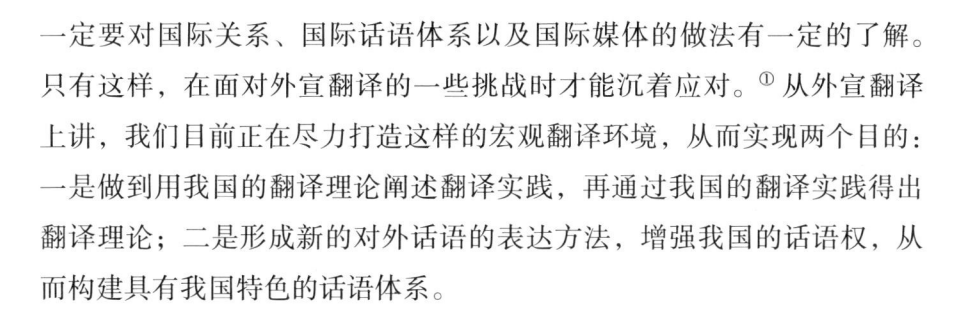

一定要对国际关系、国际话语体系以及国际媒体的做法有一定的了解。只有这样，在面对外宣翻译的一些挑战时才能沉着应对。①从外宣翻译上讲，我们目前正在尽力打造这样的宏观翻译环境，从而实现两个目的：一是做到用我国的翻译理论阐述翻译实践，再通过我国的翻译实践得出翻译理论；二是形成新的对外话语的表达方法，增强我国的话语权，从而构建具有我国特色的话语体系。

（二）中环境

翻译活动是多维度、多样态、多领域的，全能的、左右逢源的、无往不胜的译者恐难找到。中环境是具体的翻译门类中的条规和氛围，凸显"何为译""谁在译""如何译""为何译"这样一些基本问题。译者参与翻译活动的指导思想大致属于翻译生态环境的中观层次。近代以来，我国许多饱读诗书、受中外文学浸润之士著书译文，研究文学翻译，留下了许多光辉的篇章。文学翻译是语言的艺术，其字里行间的意蕴、情致和形象的传达，充分体现了译者的文学造诣。应用翻译随西学东渐而兴起。严复译《天演论》，宣传物竞天择、汰弱留强的思想，原著当为科普作品，属应用翻译范畴。严复的译笔引人入胜，影响深远，其"信、雅、达"的翻译标准更是在一个多世纪的时间内经久不衰，深受几代人的追捧。由此可见，文学翻译与应用翻译虽然是两种类型的翻译，但二者却是共荣共生的。当然，由于二者在文本的内涵、性质等方面的不同，翻译时的侧重点是不同的，对翻译人员的要求也不一样。应用文体和文学文体是两个相对的文体，它们的背后分别是两种庞大的语言体系，所涉及的范围非常广，在语域上也分为多个层次。如果将应用文体细分，其还可分为商务文体、科技文体等类型，而文学文体则包括诗歌、散文、小说等。译者只能努力适应特定的中环境，争取做到游刃有余。大、中

---

① 朱义华. 外宣翻译的新时代、新话语与新思路——黄友义先生访谈录[J]. 中国翻译，2019（1）：117-122.

环境是水乳交融的，小环境则是翻译的操作环境。

（三）小环境

所谓小环境，就是大、中环境以下的环境。该环境也是需要生态翻译学进行建构与描述的环境。一个完善且成熟的翻译理论体系通常是具备具体的翻译策略以及操作方法的，如豪斯的显性与隐性翻译、纽马克的语义和交际翻译、奈达的"四步模式"等。生态翻译学需要以实践为基础，在宏观和中观理论的指导下，关注翻译的微观操作。生态翻译学的"翻译方法可谓'多维'转换，其主要落实在'三维'转换上，即在'多维度适应与适应性选择'的原则下，相对地集中于语言维、文化维和交际维的适应性选择之转换"①。

对某一个领域来说，如在外宣翻译中，要坚持"外宣三贴近"原则，该原则其实是外宣翻译的大、中、小环境的缩影。"外宣三贴近"要求贴近中国发展的实际，贴近国外受众对中国信息的要求，贴近国外受众的思维习惯。其中，"贴近中国发展的实际"是国家层面的翻译原则，即翻译要考虑国家利益、政治立场、意识形态；"贴近国外受众对中国信息的要求"旨在解决"谁在译""译什么""为何译"这样一些基本问题；而"贴近国外受众的思维习惯"着重解决翻译中的"如何译"等具体问题。"外宣三贴近"原则不可分割，译者应在整体的翻译生态环境中执行。

宏观的生态翻译学理论来源于翻译实践，但如果将其加以抽象，它就变成了用来认识翻译本质以及进行价值判断的工具，从而与翻译实践产生距离。但是，翻译学是经验科学，它最主要的功能依然是对实践进行认识与指导。理论不仅需要创新来维持生命，还需要应用，更少不了理论、实践二者的互动。生态翻译学理论需要联系翻译实践，通过翻译策略来传递，来驾驭翻译操作。② 生态翻译学的系统理论是可以描述翻译

---

① 胡庚申.生态翻译学：建构与诠释[M].北京：商务印书馆，2013：235.
② 胡庚申.若干生态翻译学视角的应用翻译研究[J].上海翻译，2017（5）：1-6，95.

现象的，是可以解释翻译行为的，是可以指导翻译实践的，因而是具有可操作性的。[①]生态翻译学建立了宏观的核心理论，形成了一个层次清晰、大中小并举、宏中微相统一的生态翻译环境体系。

五、翻译生态环境的平衡问题

生态翻译学有多个核心理念，其中之一就是"翻译即生态平衡"。前文对于翻译生态环境的相关表述、大中小环境的划分等内容，都在一定程度上涉及生态平衡问题。可以说，阐述翻译环境就是解释翻译生态平衡。从生态翻译学的意义上讲，翻译生态环境是一种生态系统，它具有多个维度且具有开放性。在具体的生态翻译过程中，它可以对翻译主体起到一定的制约作用。实际上，在此过程中，它还可以引发人们对翻译生态平衡的关注和思考，然后在翻译过程中践行"翻译即生态平衡"理念。对于文本的生态平衡来说，翻译人员要尽力使源语和译语在词义、句意上达到平衡，还要实现传神、达意的平衡，实用及美学价值的平衡，文风的平衡等。另外，翻译的多个主体之间也要实现平衡与和谐，如译者与原作及其作者之间、译者与编辑之间、出版方与读者之间等。同时，翻译生态的因子和翻译环境的要素之间也要实现平衡。简而言之，如果翻译主体处于翻译生态环境中，其一定要在"翻译生态环境"的前提下开展和谐的翻译活动，同时，该活动还要以"翻译即生态平衡"理念为指导。

当前我国的翻译生态环境是非常好的，不仅社会政治环境安定，自然经济环境良好，语言文化环境也呈现出多元化发展的趋势，翻译领域群英荟萃，专业分工更加精细，出现了一批又一批的优质作品，但也存在着不平衡、不和谐的地方。例如，从生态翻译学角度来讲，翻译研究与实务存在很多失衡的情况，如东方和西方翻译理论研究的失衡、翻译

[①] 胡庚申. 生态翻译学：建构与诠释[M]. 北京：商务印书馆，2013：300.

教育和需求的失衡、翻译方向和社会发展的失衡等。所以，要想在各个方面维持翻译生态平衡，还有很多议题需要进行更加深入的研究，还有很多工作需要完成。这也是"翻译即生态平衡"理念现实意义的体现。

第二节 文学翻译的社会环境

一、社会发展与文学翻译

文学翻译活动是随着人类社会的发展逐渐产生的，还会慢慢演变和发展，变得更加丰富和完善。文学翻译是不同文化之间沟通的桥梁，对文化交流有着非常重要的作用。译文在形成过程中，除了会受到翻译人员自身翻译技巧和水平的影响外，还和其所处的社会政治环境有着密切的关系。而翻译人员身为社会的一员，也势必会在社会这个大环境中受到一定的影响，所以社会生态环境对文学翻译的接受、选择以及传播具有直接影响。

社会发展和文学翻译的发展是相互促进的关系。人类社会在不断发展的过程中会逐渐强化交流和开放的精神。人们要想打破禁锢，得到更好的发展，就必须有与外界接触的积极性，在相互理解的基础上进行交流，向同一个奋斗目标前进。在此过程中，文学翻译就像一座沟通的桥梁，在不同文化之间的交流过程中扮演着至关重要、必不可少的角色。

不同的时代对于文学翻译的要求也是不一样的。我们从国内译者对外国文学作品的译介中就可以看到这样的差异性。对于我国 20 世纪的文学以及翻译文学来说，"五四"运动是重要的转折点。"五四"运动时期，很多翻译家救国心切，便将翻译外国的文学作品当成了一种救国的方法，当时他们并不是很关注作品本身的文学价值，而是非常看重其实用性价值。在这种思想的影响下，在选择需要翻译的文学作品时，翻译家最先考虑的是其实用性如何。正是在那一时期，国外很多政治类小说被当成补救本国政治的良策而被翻译了过来。

在全球一体化的发展趋势下，我国积极实行改革开放，解放思想，借鉴外国文化中的精华为自己所用，使自身文化得到发展和完善。在这样的发展需求的影响下，我国的翻译事业在20世纪末进入了新的发展高潮，这次的发展高潮规模空前，影响力也非常深远，是之前任何一次发展高潮都无法比拟的。

二、社会价值观与文学翻译

每一个特定的社会发展时期都有着独特的社会价值观。社会价值观会对社会发展产生正面或负面的影响，也会对翻译活动造成一定的影响。对此，我们不妨看看目前我国的翻译界正在掀起的一场复译名著的思潮。例如，《红与黑》的翻译就高达20多个版本，很多译者对原著并不是很了解，急功近利，只注重翻译结果，而忽略了译文的质量，他们并没有严肃对待翻译工作，其工作责任心有待加强。虽然翻译活动在数量上实现了繁荣，但是繁荣背后却隐藏着因为质量不过关导致的危机。除此之外，市场上还流传着很多抄袭的、假冒的翻译作品，严重阻碍了市场的运行和翻译事业的健康发展。另外，还有一个比较严重的问题，那就是在我国引进外国的文学作品，尤其是一些畅销的文学作品时出现了恶性竞争和无序竞争的情况，很多并没有阅读价值的书籍被引入国内，对我国各个方面的发展都造成了一定的危害。

我国文学界必须注重提高翻译质量，端正译者的工作态度和价值观，促进翻译事业的良性发展。

三、意识形态与文学翻译

"意识形态"的英文为"ideology"，源自希腊文"idea"（观念）和

"logos"（逻各斯），即观念的学说。作为对世界观和哲学思想的描述，"意识形态"是特拉西（Destutt de Tracy）在18世纪末提出的一个概念，它被用来表征以概念为研究对象的元科学。齐格姆·褒曼指出：在特拉西看来，"意识形态是关于社会的唯一的科学；或者，关于社会的科学只能是意识形态"，它逐渐囊括了包括科学在内的整个文化领域，因而成为我们自己与世界之间的一个必不可少的中介。意识形态有着认知性功能，为人类提供了认识世界的概念体系，为人类认识社会、政治、经济关系提供了一定的帮助。不管是什么样的意识形态，都是不能与社会相脱节的，它被用于社会实践中，不仅是社会集体思想的体现，也为相关理论的形成提供了前提。而文学翻译作为语言交际活动，不仅仅是对语言进行转换，也是对文化进行转换，因此势必会受到意识形态的影响。换言之，译者在翻译时一定会被自身的文化因素以及所处的社会环境所影响。同时，译者所做出的一些选择也会对目的语文化、源语文化造成影响，从而使文学翻译成为思想、文化、意识形态的话语，然后在另一种话语中实现再发展。从这种角度来讲，安德列·拉菲弗尔（Andre Lefevere）认为文学翻译自始至终都会受到意识形态和诗学（poetics）的影响，其中"赞助人（patronage）感兴趣的通常是文学的意识形态"，而"文学家们关心的则是诗学"。他还指出，作为一定意识形态代言人的赞助人会利用他们的话语权力直接干预文学翻译过程，而由文学家、文学翻译家等组成的专业人士（professionals）相对来说只能在赞助人所允许的意识形态范围内，操纵他们有限的话语权力和诗学技巧，完成他们的诗学追求。因此，在跨文化交流中，意识形态和诗学会同时在译者的意识中发挥作用，影响其话语选择，决定其文学翻译策略。

　　文学翻译不仅是跨越语种的交流，也是不同文化之间的交流。这就会导致异国的文化和意识形态输入本国，也就是来自外国的文化渗透，这对于本土文化无疑是一种冲击甚至颠覆。此时本国的文化代言人会通过自己的话语权对文学翻译进行一定程度的干预，去改造或者挪用外来文化。在此过程中，因为缺少源语文本，译者也就被赋予了话语的解释权，将其掩盖得几乎不留痕迹。当然，不管意识形态的影响力有多大，实质上其与翻译者始终是相对的而非绝对的关系。原因在于译者是认识主体，在具体的翻译过程中，他们是能够意识到影响翻译的内部及外部因素的，只要他们意识到了这些因素的影响，就会基于自身的道德与素养消除这些影响。

"五四"运动时期是中国文学翻译史上一个重要而特殊的时期，它是近代文学翻译向现代文学翻译的一个过渡和发展时期。更重要的是，"五四"运动时期的文学翻译活动凸显出译者们在翻译过程中的反殖民化意识。一般来说，翻译活动都会或多或少地受译者意识形态的影响。具体地说，翻译什么、怎么翻译取决于译者的动机、政治立场及所处时代的政治气候。

下面以梁启超的翻译实践活动来具体探讨意识形态与文学翻译的关系。在梁启超的翻译实践活动中，他一贯以思想家和政治家的眼光来看待文学翻译，他重视的是文学作品的价值观，其次才是作品的文学艺术性。他关注的是文学翻译的宣传作用，并希望以此形成一种新的意识形态、新的国民性。所以，他的翻译也许更多的是"觉世"之作，而非"传世"之精品。他的翻译实践活动是在政治学的背景下进行的，其译作明显地受其意识形态的影响，而且具有鲜明的时代特征。

梁启超是我国首位翻译拜伦《端志安》《渣阿亚》这两首诗的学者。那么，他为何要去翻译拜伦的诗？原因就在于拜伦是英国非常伟大的诗人，他崇尚自由，为了希腊独立的伟大理想而从军，最后也因此牺牲。可以说，他是文学界的一大豪杰，而他的诗也大都是为了激励希腊人民勇于抗争而写的。可见，梁启超想要将拜伦的这一英雄形象引入我国，想通过拜伦的诗激励国人。从这一点上看，后来的鲁迅也受到了梁启超的影响。鲁迅就曾在自己的作品中表示，拜伦被中国人所知正是因为其帮助希腊独立。在当时的年代，一部分中国青年革命思潮正盛，容易对此产生感应。梁启超在翻译拜伦的这两首诗时，更多地注重诗歌的抒情与召唤的功能。他的译文用字典雅，气势磅礴，似进军号、战争曲，感人肺腑，催人奋发，表现了革新和求"解放"的精神。

在梁启超所生活的时代，也曾出现过和他一样翻译拜伦诗的学者，苏曼殊就是其中的一位。这些学者的翻译与梁启超的翻译存在着一定的差异，前者更注重翻译的作品和原文在形式及意义上的相近，更加注重辞格韵律；而后者对原文改动非常大，尽力将整首诗中最精彩的部分凸显出来，在其中掺杂白话和文言，使整首诗文字激昂，被赋予了新的意义，更具鼓舞和宣传作用。

第四章　文学翻译中的译者

第一节　文学翻译中译者的翻译适应

一、遵循翻译适应论

翻译适应论指的是一种特殊的翻译理念，是一种通过为译者提供优秀的翻译环境使其顺畅、平稳地完成翻译全过程的理念。当然，如果从某个特殊的层面或角度来分析的话，该理念也可以称为选择翻译观以及适应翻译观。这里需要注意的是，定义中的翻译环境指的并不是我们平常所说的外在环境，而是特指翻译原文所具备的语言形式环境。一般情况下，译文中的语言形式是参考原文的语言形式创建的，两者呈现的世界观应该是相同或相近的。在实际翻译过程中，翻译适应论的特殊性形成了三维转换的翻译方式。换言之，翻译方法就是在遵循多维度适应以及适应性选择原则的基础上，发挥自身的指导作用，适应性转换文学的交际维度、文化维度以及语言维度。

二、尊重原作的情感与语言风格

（一）情感的准确表达

在翻译适应论视野下，不同的文学著作会形成各式各样的译作形象，但译作一定要具备与原作相同或相近的感情色彩。比如，美国文学著作《一位女士的画像》的作者就通过细致入微的描述让主人公伊莎贝尔的形象深入人心，同时用详尽的语言表达了文章的感情色彩，赋予了整个作品特殊的魅力。因此，在翻译此部著作时最关键的一点就是精准地把控原文的内涵以及整体的感情色彩，同时完美再现原文的深刻寓意，保证读者体会到原文作者的真实感受。只有深入了解原文作者的文章主旨才能真正把握其创作思路，从而精准把控文章的结构和内容，确保翻译的准确性。我国也曾有学者翻译过此部著作，但译本的感情色彩和原文有一些出入，如原文中描述的伊莎贝尔的姨父不但精明能干，还十分疼爱她，但在译文中该内容被译为主人公走过了曲折的道路，与原文含义截然相反。

（二）词语的有效运用

在翻译适应论视野下，语言词汇的选择至关重要。因此，在翻译过程中，译者要确保译文语言的恰当性、合理性以及有效性。基于此，译者在选择和使用词汇时要注意使用方法，保证人们可以透过语言恰当地理解原作的内容。另外，运用词汇时还要保证译文内容不与原文相脱离，在读者和作者之间搭建起一座实现双方深入交流的桥梁。显然，翻译工作对译者来讲是一项艰巨且困难的任务。这一点在实际的翻译过程中也得到了充分的证明，译者使用错误的词汇或词语搭配会导致译文内容脱离原文。仍以《一位女士的画像》的译文为例，原文中有一个衬托沃伯顿勋爵高贵、伟岸形象的词语，其在不同译文中被翻译得五花八门，有的译者将其译为"秀丽"，有的译者将其译为"秀美"，等等，所使用的词汇都带有一定的女性特色，严重损坏了勋爵的高贵形象。此外，译文中还出现了各类词汇搭配不当的情况，不仅使语句不通顺，还使表达略显滑稽，拉低了整个译作的格调。

三、展现原作的内在美与外在美

在翻译文学作品时，译者不但要充分展现原文所蕴含的内在，还要保证译文具备独特的美感。这种美感包含外在美和内在美。所谓的外在美就是读者在阅读过程中能够直接感受到的作品的美感。有些专家对此并不重视，因为他们认为这种无法展现文章实质性内容的外在美太过肤浅，只是表面形成的，所以会对其加以限制。但人们实际判定美的方式并不理性，而是自然的、感性的，这种自然、感性的形式是客观存在的，通过各种方式来呈现，如描述人物形象或物品的文字及其形式的独特美感等。当译者在欣赏这些内容时会自然地感受到其中的美，自然地创造出符合原文内在的译文。此外，这些外在美可以帮助读者透过文字直接体会作者的思想感情。

文学翻译的内在美和外在美差别极大，内在美指的是文学作品拥有的独特内涵，属于感性形式。所谓的形式其实就是意义的存在形式，而且，从某个角度来讲，形式与理性和感性是紧密联系在一起的。在翻译过程中，内在美十分重视原文内涵的重现，也更倾向于意向形式。而为了更好地理解这种内在美，人们对艺术美学进行了深入的研究，发现内在美关注的其实是从感性形式向理性形式过渡的过程，但在这个过程中仍然残留着许多无法割舍的联系，导致整个翻译工作无法展现任何实质性的内容。译者在翻译原文的过程中经常会遇到一些感性形式的事物（表象形式），而描述这些感性形式的事物时一定会面临各式各样理性形式的需求。这可以实现感性和理性的完美融合，将作品的内在美显露出来，再结合其外在美，呈现文学翻译的美感。

四、选择合适的翻译方法

（一）适应翻译的选择

在翻译文学作品的过程中，译者会面对各式各样的翻译现象，如省略一些无关内容、保留一些关键选段、选择合适的译文内容等。译者在翻译过程中需要对这些有可能出现或已经出现的现象进行相应的处理。在翻译过程中，由于国内文化与国外文化存在显著差别，再加上翻译的内容并不明确，译者在选择合适的词语、恰当的语言等方面需要进行反复斟酌，也正因如此，译者需要在校对工作上花费大量的时间和精力，这样才能保证翻译工作的准确性。面对这种情况，国内外的大量专家和学者开始寻求改变，将目光聚焦在适应翻译的选择上。在经过大量的实践研究后，他们发现适应翻译的选择是一种十分有效的手段，它可以直接对翻译内容进行全方位的处理，帮助译者选择合适的语言形式，实现高效且有效的翻译。换言之，采用这种方法不仅能保证译文不与原文内在相违背，还能让读者在阅读译文的过程中感受到原文所蕴含的情感。

（二）图式移植翻译的选择

在翻译文学作品的过程中，译者经常会面临各种各样的翻译形式。如果以文学作为翻译工作的主要形式，在翻译过程中就需对原文的表达方式加以重视，确保译文与原文内容相同或相近；如果以译者为翻译工作的主要形式，则在翻译过程中不仅要保证译文与原文之间一一对应，还要提高译文的文学性，对其进行适当的润色。图式移植翻译的选择是在翻译适应论视野下文学翻译最好的方式。在翻译过程中应用此种方式时，译者要做的就是充分了解图式移植翻译的所有内容。对文学翻译来讲，选择恰当的、有效的、合理的翻译方式可以视为对原文内容的重新塑造，不仅能凸显译者的较高的翻译水平，还能增强翻译的效用。图式移植翻译的选择其实就是直接将原文化作一张张图片，然后用译语重新编织成相同或相近的图片展现给读者，保证读者在阅读译文时能感受到原文的内涵，体悟作者的情感。

（三）再创造翻译形式的选择

所谓的再创造就是译者在翻译文学作品过程中详细地了解原文的内容后，根据其包含的人物形象以及中心思想，选择恰当的表达方式和语言并结合自身的想象力和创作力对原文进行二次创作后得出译文的过程。翻译适应论视野下的文学翻译不仅要保证译文的物象和内容与原文相近或相同，还要将隐藏在物象背后的情感表露出来，以便读者在阅读译文时有阅读原文的感受，从而更好地了解和体会原文的内容和感情。再创造翻译形式的选择对译者的要求极高,不仅要求译者拥有丰富的知识储备和高水平的文学素养,还要求其具备精妙的创作思维和丰富的想象力,只有这样,才能保证译者在原文基础上实现再创造,完美展现原文的所有内容。

综上所述,在翻译适应论视野下的文学翻译具有各式各样的表现形式,而且这些形式都是由一些基础形式经过变化或发展而形成的。本书通过详细地剖析基础理论形式以及翻译适应论视野下的译本情况,归纳总结了文学翻译各式各样的表现形式,为后续开展深入研究奠定了坚实的基础,保障了研究工作的高效推进。

第二节　文学翻译中译者的翻译选择

一、翻译选择的重要性

霍姆斯在某语言学会议上发表了一篇论文,提出要确定翻译学科的名称以及翻译学的研究目的和思想,构建起相对完整、成熟的翻译学科体系。霍姆斯认为翻译学的研究可以从两个方向开展:一个方向是纯翻译学,另一个方向是应用翻译学。从应用翻译学角度来看,翻译批评是其重要的构成部分,是其主要的理论分支,因此,只有翻译理论获得长足进步时,与之存在互动的翻译批评研究才能实现理论的构建和实践的发展。对此,文军有过精准的表述:"尽管在近期的研究中对批评理论的研究有了大幅度的加强,跨学科研究也给翻译批评带来了活力,但毋庸讳言,翻译批评还远没有形成自己相对独立的理论体系。这一问题当然与批评对象的复杂性有关,但如何运用翻译学和相关学科已取得的成就,研究出适用于翻译批评的、全面而成体系的理论,仍是译界不可回避重大任务。"[1]但是，纵观中外翻译研究史，翻译研究在很长一段时期内的研究重点都与此相悖，因为当时"翻译研究的重点一般都集中于对翻译的性质、翻译的标准和翻译的技巧，即'怎么译'方面的探讨，而对翻译的主体——翻译家本身，则缺乏系统的、有深度的研究"[2]。从客观角度讲，这种现象很容易导致翻译批评只能成为"技"，只能出现在将原文变译文的单一模式中，只能对翻译过程中出现的得与失进行表面化、简单化的评价，进而导致人们无法仔细、认真地评估翻译结果，无法详细地阐释翻译过程中出现的各种问题和发生的各种现象，更无法对这些问题和现象进行合理的反思。

从这个角度讲，想要防止翻译批评片面化，就需要转变思维和方向，直接放弃对翻译结果的执着，提高对翻译过程的重视程度，同时在翻译过程中对翻译主体进行全方位的审查，深入研究其在翻译过程中发挥的重要作用，正所谓"当我们不再把对翻译的理解停留在字词的层面上，不再试图去寻找与原文本对等的影子，而是把翻译文本看作经过变形和改造，融入译者的主观审美意向和历史存在的一种自足的艺术创造产物时，就意味着我们必须面临关于翻译主体性及其能动空间的提问"[3]。这种转变从根本上改变了人们对翻译本质的认知，"翻译主体性"也一跃成为近些年无数专家进行理论研究的核心和焦点，专家们对此众说纷纭。当然，对于"谁是翻译主体"这一焦点问题的议论经久不息，对此，许钧给出了一个相对概括性的回答，他认为这个问题的答案是多样化的，但目前来看至少有4种："一是认为译者是翻译主体，二是认为原作者与译者是翻译主体，三是认为译者与读者是翻译主体，四是认为原作者、译

---

[1] 文军，刘萍. 中国翻译批评五十年：回顾与展望[J]. 甘肃社会科学，2006（2）：38-43.

[2] 穆雷，诗怡. 翻译主体的"发现"与研究——兼评中国翻译家研究[J]. 中国翻译，2003（1）：14-20.

[3] 袁莉. "包法利"三部翻译文本——译者主体性研究[J]. 跨文化对话，2018（1）：111-131.

者与读者均为翻译主体。"[1] 这些答案虽然杂乱，却都有一定的理论依据，我们在对翻译全过程进行详细审查时需要高度重视读者、译者、原作者之间存在的制约关系和对话关系。但是，在翻译活动中，译者连接着读者和原作者，它相对读者和原作者而言是整个翻译活动的中心，发挥着积极作用。基于此，许钧将翻译主体分为广义主体和狭义主体两种，其中广义主体包含读者、译者和原作者，而狭义主体单指译者。当然，还有其他专家对此提出了自己的见解。例如，朱献珑、屠国元就提出"原作者、译者、读者、接受环境（包括原语和译语的语言文化规范）等因素之间相互指涉、相互制约，从而促成翻译活动的整体性。而译者主体性在其中无疑是处于中心地位的，它贯穿翻译的全过程，其他因素的主体性都只是体现在整个翻译过程中的特定环节"。显然，他们认为译者作为"中心主体"的地位不可动摇，而读者和原作者只能充当"影响和制约中心主体的边缘主体"[2]。另外，查建明、田雨等认为"译者、原作者和读者的主体性及他们的主体间性"共同构成"翻译主体性"，但三者的主体性却存在一定的区别，即"译者的主体性体现于翻译的全过程，而原作者和读者的主体性只是体现于翻译过程中的某些相关环节"。因此，他们认为对主体性的表述可以选用"译者主体性"概念。[3]

从上述观点可以看出，虽然不同专家对于"翻译主体"的定义各持己见，但却对译者在整个翻译过程中的核心地位和重要作用表现出高度的认可。翻译理论的深入研究推动翻译批评迎来发展的关键契机，"译者主体性"这一关键要素使得专家主动加深对翻译理论的研究，促进了其翻译批评意识的觉醒。至于"译者主体性"是什么，如何展现，是翻译批评在扩展翻译认知后才能回答的问题。我国也对翻译主体的内容进行

---

[1] 许钧."创造性叛逆"和翻译主体性的确立[J].中国翻译，2003（1）：8-13.
[2] 朱献珑，屠国元.译者主体的缺失与回归——现代阐释学"对话模式"的启示[J].外语教学，2009，30（5）：97-99，108.
[3] 查明建，田雨.论译者主体性——从译者文化地位的边缘化谈起[J].中国翻译，2003（1）：21-26.

了深入研究，取得了一定的成果，其中有两个定义相对全面：第一种是"译者主体性是指作为翻译主体的译者在尊重翻译对象的前提下，为实现翻译目的而在翻译活动中表现出的主观能动性，其基本特征是翻译主体自觉的文化意识、人文品格和文化、审美创造性"[1]；第二种是"总体上说，译者的主体性就是指译者在边缘主体或外部环境及自身视域的影响和制约下，为满足译入语文化需要在翻译活动中表现出的一种主观能动性，它具有自主性、能动性、目的性、创造性等特点"[2]。显然，这两个定义十分相似，都认为译者主体性的本质其实就是其主观能动性，同时其还具备一些新的特性，如创造性、自主性等。但是，这些翻译主体的性质只是在其定义范围内的概括性描述，在实际翻译过程中，译者的行为才是译者主体性的真实体现。如果翻译研究已经从单纯的语言翻译向体现"民族传统之间或文学时期之间的诗学差异"的方向转变，而且能认识到社会语境、文化以及历史对译者的所作所为有明确限制，那么译者做出的选择一定是在"差异"和"制约"中展开的一系列翻译行动中最核心、最根本的内容。基于此，著名的翻译理论家、尼特拉学派的代表人物吉里·列维提出了一个全新的观念，即"翻译是一个选择的过程"。此观念一经提出就在翻译研究领域引起了强烈反响，使翻译过程研究获得了巨大进步，影响深远。

译者在复杂的翻译过程中需要面临的选择有很多，好似潮水一波接一波，连绵不绝；同时，译者的所有选择并非只是形式上的连续，在内容上还存在因果关系，换言之，译者在后续做选择时必须承担上一个选择产生的所有结果。这也说明翻译研究从最初的"译什么"转变为现在"怎么译"，需要选择翻译方法、翻译策略和文化立场、文本意义、翻译形式、拟翻译文本等。简言之，译者的选择与翻译全过程的各个方面都

---

[1] 查明建，田雨.论译者主体性——从译者文化地位的边缘化谈起[J].中国翻译，2003（1）：21-26.

[2] 屠国元，朱献珑.译者主体性：阐释学的阐释[J].中国翻译，2003，24（6）：8-14.

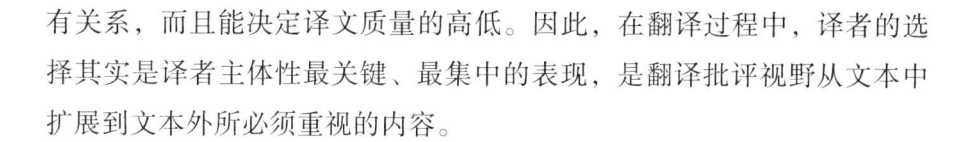

有关系，而且能决定译文质量的高低。因此，在翻译过程中，译者的选择其实是译者主体性最关键、最集中的表现，是翻译批评视野从文本中扩展到文本外所必须重视的内容。

二、翻译选择的决定性因素

由上文可知，在翻译过程中重视译者的选择以及译者主体性对翻译批评具有主要作用，但是想要实现对翻译批评理论和实践的有效、科学探索，只有上述认知是远远不够的。因为译者在翻译过程中做出选择时会受到各种外部因素的约束，如政治、社会、文化、历史等，所以译者的选择一定不是盲目的、随意的，而是为了实现翻译的价值并消除翻译中存在的各种问题而进行的有意识的选择。因此，翻译批评不仅要对译者在翻译过程中的选择的主观能动性提高重视，还要对影响译者选择的主观、客观因素进行深入研究，以便做到知其然也知其所以然，从而更全面客观地评价翻译现象或结果。在翻译过程中，译者的选择与翻译活动的方方面面都有关系，其在宏观层面的选择要"择当译之本"，在微观层面的选择要注意命词遣意。另外，译者在翻译过程中最关键的一个选择就是选择恰当的翻译策略，因为翻译策略决定着翻译风格，翻译风格又代表着译文的内在灵魂，所以翻译策略的选择不仅能直观地展现译者主体性，还能影响译文的整体效果。现以译者选择翻译策略为例探讨翻译选择的决定性因素。

（一）适应目的语环境

从表面上看，翻译只是将一种语言符号转变为另一种语言符号，是只存在于语言层面的"再生"，但经过深入研究发现，翻译其实是一种文化层面的交流，是两种文化在碰撞和熔融后的移植。在实际翻译过程中，由于历史、社会、文化、语言等多个层面、多种因素存在显著差别，很容易形成冲突和矛盾，基于此，译者的"选择"不仅仅是一项至关重要的责任和权力，还是一种"遭遇"和"解决"。所谓的"遭遇"是指译者必然会面临选择，而"解决"是指译者的选择需要以生存为目的。至于翻译到底是语言的"再生"还是文化的"移植"，首要问题都是保证选择能适应目的语环境，能保证其基础的生存。因此，适应是决定翻译选择的根本要素之一。

翻译学界对林纾翻译著作的评价褒贬不一，原因有二：第一，林纾的翻译常常被称为"不忠的美人"，因为他的译文为追求高度的文学性会对原文进行大量的改写和删减，译述和谬误之处过多，甚至其选择的翻译方法即"意译"也被无数人视为违背"信"与"忠实"的方法；第二，林纾的翻译充分地发挥了翻译的作用，充当两种文化交流的"媒介"，在当代拥有大量的读者，完美地展现了其具备的独特价值，影响力非凡。简言之，"林译小说"对后世文人起到了"哺育"作用，对中西方文化交流起推动作用，还推动了文体和语言的革命，对后续的"五四"新文化运动产生了直接或间接的影响，促进了中国近代文学的发展，贡献非凡。当然，林纾的翻译从一定程度上说是对当时以"信"为标准的翻译和评价制度的质疑和背离，也引发了当时翻译界选择"归化"还是"异化"、选择"直译"还是"意译"的激烈争吵，致使我国当时的翻译理论和翻译批评研究的发展停滞不前。这种"非此即彼"的对立观念对于找到真理毫无意义，如果将其完全抛开，只从译者主体性和选择方面分析，林纾的翻译的缺陷和贡献都可以归纳为林纾在翻译过程中的选择，他选择了当代符合潮流的、符合社会环境和文化环境的语言风格和翻译策略。

林纾生于晚清，长于晚清。当时的小说被称为"长久以来被轻视的文类"[①]，"梁启超倡导'小说界革命'，给小说以'文学之最上乘'的地

---

① 王宏志.重释"信、达、雅"——20世纪中国翻译研究[M].北京：清华大学出版社，2007：161.

位，但这毕竟只是理论上的提倡"①，因此，传统作家依然对小说存在一定的偏见。在这种背景下，林纾为了保证翻译作品能被更多人阅读，实现翻译救国的终极目标和理想，只能在保证原文主旨不变的前提下使译文小说更具文学性、可读性，对于那些原文当中存在的与读者阅读口味和习惯相差过大的、可能引起读者抵制或产生强烈不满的地方进行删减，对于那些能被读者接受、认可、赞同的地方进行加强。另外，林纾选用的"意译"的翻译方法并非其随意决定的，而是在对晚清独有的对"文笔"和"译笔"等量齐观的译评方式以及晚清翻译学者喜爱的意译格调进行适应后形成的独特方法，不仅具有浓郁的时代特色，还具有深刻的历史烙印。林纾选择的翻译策略顺应时代潮流，符合当时人们的审美情趣以及当代的文学环境，因此，"林译小说"获得成功并对后世产生深远影响就不是出人意料的事情了。

有专家认为林纾的翻译属于个例，并不能一概而论，因为林纾并不懂外文，是一位"单语译者"。有些专家认为，在晚清时期，因为译者的翻译标准并不明确，所以其翻译出的作品也不能称为标准译作，此时的翻译可谓百花齐放、万家争鸣。为更好地研究翻译选择的决定性因素，可以精于翻译法国文学著作的翻译家傅雷先生为例，傅雷先生在翻译过程中会选择恰当的译文语体。在现代文学翻译史上，傅雷先生成就非凡，这与其译作的艺术特性和语言风格是分不开的，甚至有专家对其有十分中肯的评价："我们折服于译者理解的准确和表达的精当，有时我们觉得自己不是在读一部翻译小说，而是一位中国作家在为我们讲述一个法国故事。傅雷不仅提倡，也确实达到了'化境'。他的译文完全可以看作汉语文学遗产的一个组成部分。"傅译作品色彩富有变化、用词极为丰富、行文完美流畅，魅力无穷且恒久，这与"傅雷体华文风格"是分不开的。那么，傅雷为什么会选择这样的翻译风格，选择这种兼具可读性和流畅性的译文语体？通常情况下，人的选择是主观因素和客观因素共

---

① 连燕堂.二十世纪中国翻译文学史[M].天津：百花文艺出版社，2009：185.

同作用的产物，傅雷对译文语体的选择也是如此。因此，他选择这种翻译风格和译文语体的原因主要包含两方面：第一，傅雷本人喜爱这种翻译风格，认为其能展现自己的审美理想。他指出"理想的艺术总是行云流水一般自然，一旦露出雕琢和斧凿的痕迹，就变为庸俗的工艺品而不是出于肺腑、发自内心的艺术了"[1]。显然，他对理想的艺术见解独到。第二，傅雷在选择时主动适应当时的主流思想和潮流，尽量保证译文符合读者需求。傅雷翻译作品的时间主要集中在20世纪30年代到60年代之间，此时期文学创作的主流思想是白话文，其内容不仅要通俗易懂，还要对普通民众有启示作用，另外，当时的读者大都是普通民众，只有少量的专业技术人员，其眼界狭窄，对那些纯正的、本土化的译语拥有极高的接受程度。在这种情况下，傅雷为了保证有足够多的民众喜欢自己的译作，开阔民众的视野，选择了更具本土气息的翻译方法和语言风格，进而协调文学传统、时代特征以及不同语言之间的差别。译作作为译者二次创作的产物，其中展现的审美思想是译者主体潜在意识在不经意间的流露。因此，译者在对当代主流诗学的审美取向以及当代读者对外国文学的审美观念进行适应后，翻译出在当代的文化语境和历史环境中更易于被读者接受、更受读者喜爱、可读性更强的作品，是其译者主体性和能动性选择在翻译过程中的显著体现。

（二）影响目的语文化

从中国翻译上来看，傅雷先生选择"本土化"翻译策略的意义和价值是非常重要的，但鲁迅先生的"直译""硬译"作为与之相对的翻译策略同样具有重要的意义和价值。鲁迅先生不仅是我国伟大的思想家、文学家，还是著名的翻译家，他的翻译年限长达33年，出版的译著和译作多达300万字，故其在翻译界的重要地位是不可撼动的。鲁迅先生的翻译观念最初并非如此，当时他受到了梁启超、林纾以及严复等三位晚清

---

[1] 傅雷.傅雷文集（书信卷）[M].北京：当代世界出版社，2006：248.

时期翻译家的影响，形成了"意译"的翻译理念、翻译方法以及翻译题材，但在编写译作《域外小说集》时突然更改了翻译方式，选择了"直译"。当时，"意译"之风盛行，选择"直译"就意味着译作内容晦涩难懂、枯燥无味，更谈不上究其内意，而且与读者的喜好相悖，可读性极低，自然也不会有影响力。鲁迅先生作为著名的翻译家和文学家对此有清晰的认知，而且清楚这种"直译"会导致文章语句不通顺，并不是最恰当的翻译方式，只是无法可用时使用的权宜之策。在后来的几十年当中，鲁迅先生一直坚持选择运用"直译"乃至"硬译"的翻译方法，显然，"他强调的是不可译这样的基本事实和由此而来的'硬译'所起到的重构文化的作用"[1]。"从清末中国屡经战败开始，不少人便认为中国语文是中国积弱的主因，于是出现了改革语文的声音"[2]，鲁迅先生作为著名文学家和翻译家很早就意识到汉语并不完善，因为汉语的表达方式不但较为单调，表达精度也不够高，无法将那些复杂语句蕴含的思想完整地再现。当时的社会正面临着革新，语言需要完善和创新，文化需要重构，在这种复杂的背景下，鲁迅先生选择的"直译"翻译方法自然包含着思想和文化的双重意义。换言之，人们在直译时选择"输入新的内容"其实就是"输入新的表现方法"。进一步讲，此时的翻译不仅发挥着引进外国思想的重要作用，还承担着推动中国语言革新、"创造出新的中国的现代汉语"的历史重任。在翻译积极引进新内容、新思想、新表现方法之时就是打破陈旧翻译标准实现翻译革新的时刻，此时翻译迎合和顺应的对象就不再是读者的阅读口味和主流诗学的审美取向。

翻译活动是人类不同民族、不同文化实现相互交流的关键途径，社会性极强，而且能推动社会发展。翻译的社会价值并不局限于打破人类社会之间存在的隔阂，加强相互交流，还能通过某个特殊历史时期改变

---

[1] 许宝强，袁伟.语言与翻译的政治[M].北京：中央编译出版社，2001：24.
[2] 王宏志.重释"信、达、雅"——20世纪中国翻译研究[M].北京：清华大学出版社，2007：245.

国人的思维、塑造民族精神来实现社会变革。[①]鲁迅先生在翻译过程中选择使用"直译""硬译"的翻译策略，代表了翻译在接受某种独特的价值诉求时，特别是身处社会革新的历史时期时，可以转变为一种特殊的力量，通过冲击、重构甚至颠覆目的语文化来发挥独特的影响力。此时适应翻译接受环境已经不再是翻译选择的决定性因素，对其进行改造和影响才是决定性因素。

因此，决定译者在翻译过程中进行翻译选择的两个主要动因是适应和影响本土翻译接受环境，不管是适应环境还是影响环境，译者在翻译过程中的所有选择的根本目标依然是实现翻译的内在价值。换言之，译者的翻译理念会受到翻译动机的影响。也正是无数翻译家不同的翻译动机，使得他们选择了不同的翻译策略，取得了独特的成就。

第三节　文学翻译中译者的翻译素质

一、译者的主体性

译者是一个伦理主体，其文学翻译行为不可避免地具有明显的目的、动机和意图。译者在与作者、文学文本和读者的对话中会表现出主观性、创造性、选择性等。

（一）主观性

在从事文学翻译时，译者是在自身主观性下解读文学文本，并将所感所得表现在文学译本之中。文学文本为译者提供了能被言说、被思维的某种确定性和明晰性，但这种确定性和明晰性不是绝对的，而是指附着在文学文本中的内容，具有客观性的一面，对读者具有明显的普遍必

[①] 许钧.翻译论[M].武汉：湖北教育出版社，2003：380-383.

然性。然而，这些"客观化内容"仍不能自动地呈现出来，只有凭借读者的个体意识才能呈现出来，所以文学译本是译者的主观性和文学文本的客观性相结合的产物。不同译者之间存在着主观性的差异，其不同的自我感觉会导致文学译本的多样性，同一个文学文本可以产生多个译本，这正是译者主体性的表现之一。

正因为译者主体的主观意识参与了文学翻译行为，文学文本的客观性内容才显示出价值。要翻译一部文学作品，译者首先要进行自我意识感知，译者所能再现的无非是其主观认知的，而不是文学文本所具有的。文学译本只是文学文本的主观显现，读者阅读到的译本不过是原本的主观显现，即原本在译者的意识中的部分实现，文学作品通过译者的认知和赋义活动而被读者所接受。而译者的意识除了具有个体主观性的一面外（这是无法避免的），还具有普遍必然性的一面，即译者特别是优秀的译者是一个文化群体的代表者，是集体意识和集体需求的表达者。

因此可以说，读者是通过译者的意识接受文学文本的，要想探寻文学文本的真意，就需要凭借译者的自我意识。文学翻译行为发生的起点便是译者主体的主观性思维活动。当然，这种主观性并非完全的主观，而是在主观意识下具有客观必然性和合理性，既有合理的成分，又有片面、偏见的成分。而译者在翻译中的主体间性，即译者与其他主体之间的和谐对话关系，则是克服译者"独断式"地重写文学译本的行为。一部作品在一个时代、一个社会群体中被接受、受欢迎的程度依赖一定的普遍必然性和人类认识的共通性，协调好主体间的关系是对译者从其自身位置出发的文学翻译行为的局限性的克服与超越，也是对译者主观性的超越。

（二）创造性

译者的主体性最重要的体现就在于创造性，而译者的创造性主要表现为审美再创造能力、语言艺术再创造能力、文学译作再创造能力。文学翻译行为是译者的个性与精神的再现，译者的创造性以及文学素养决定了文学翻译的成败。

1. 审美再创造能力

译者进行文学翻译最关键、最基础的要求就是对文学作品有足够的理解和认知，明确作品的内容，感受作品的内蕴，然后运用目的语将该内容和内蕴生动地表现出来，同时注意运用的语言要有美感以及新鲜感。另外，文学作品是由作者创作出来的，而作者在创作过程中会发挥自己的想象，其创作内容自然包罗万象、变幻莫测。这就需要译者透过作品的表层与作者展开跨越时空的对话，了解作者的创作思维，精准理解和把握作品的审美观念和主旨思想。显然，这一步十分艰难。除理解全文外，译者还需要具备一定的写作天赋和能力，至少需要具备用目的语改写原文的能力，这同样是译者面临的又一项挑战。想要做到"随心所欲不逾矩"，就要精准掌握语言的使用技巧，这就需要译者具备较高的语言天赋和能力。

文学作品本身属于一种带有开放性意义的语言系统集合，不能一味地依靠译者使用目的语来表述，这样的表述很容易受到译者主观性的影响，使作品内蕴发生扭曲，与原文相悖。文学翻译其实是在艺术范畴内展开的一系列行为，是跨语言、跨文化的交际，译者在其中扮演的是中间人的角色，以原文为基础进行二次创作。当然，在创作过程中，译者必须合理解决原文中存在的"抗译性"问题。译者在充分理解一部文学作品的内容和内蕴之后，结合自己的审美情趣，同时充分把握译语环境中读者的接受能力和心理趋向，运用恰当的语言使该文学作品的译作在异域文化、译语环境中广泛传播，最关键的技巧就是对翻译内容进行合理的"增"与"减"。

2. 语言艺术再创造能力

由于翻译活动涉及各种各样的因素，其过程极为复杂，但语言是其最关键、最基础的表现形式。特别是对文学翻译来讲，所谓的文学翻译其实就是将源语审美转变为目的语审美的过程。因此，可以说文学翻译其实就是一种将语言活动艺术化的过程，它与原创自然是不同的，但也具备一定的创造性。所谓原创，是指作者以收集到的各种各样的素材为基础，通过自由运用语言创作出文学作品；而文学翻译是译者以作者的原文为原材料，运用目的语重新创作出一部新的文学作品，使原文以另一种语言形式延续、重生。显然，文学翻译虽然属于创造，但并不是无中生有，是一种有文可依、有迹可循的意义重构活动，因为原作是其再创造的材料和依据。翻译是不同于创作的再创造，但译作传承了原作的审美情趣和精神力量，而实施这一再创造转变的主体即是译者。

译者是在充分理解原文内容和审美情趣后进行创作的，而译者的精神趣味、知识素养以及语言能力等决定了译作的最终面貌，可以说，译者决定了文学翻译的成败，而且译者在翻译过程中的再创造与其自身的个性、精神有很大关联。翻译的本质其实就是形成和发展新语言的过程，这在《宋高僧传·译经篇》卷一首篇中有明确记载："译之言易也，谓以所有易所无也。"这句话明确了翻译其实就是语言和意义从无到有的创新，而文学翻译则是浸透着译者生命能量的意义生成活动。一个高明的译者即是善于激活语言的创造性和生命力的人，通过运用趣味无穷、曲尽其妙的语言使文本衍生出新的意义。语言本身就是一个无穷无尽的宝库，一个能被高明译者充分运用的宝库。作家和翻译家都需要具备高超的语言创造能力和审美能力，从这方面来看，二者没有区别。

3.文学译作再创造能力

文学译者对原作的阅读总离不开其个人的领悟，译者必须发挥其创造性，让无言的文本、无言的符号灵动起来，加深自己对原文的理解，知其广、明其深、辨其微，从而创建一个包含原文内蕴、延续原文生命的新文本。译者通过运用诗化的语言为译作赋予新的意义、注入新的生机，运用译文语言重塑文学语言，以传承原作之神韵。没有译者的再创造,原作再精彩再有神韵也无法"转生",也无法在译语文化环境里继续"存活"下去。然而,译者重塑文学语言,不是对原作者创作的完全重复,原作者并没有用译语书写过,译者也不能逐词逐句地复制语言,而只能发挥创造性,以创作出新的文本。

译作属于译者在译语环境中对原文进行变更和创造后形成的"新的、不可重复的"文本,属于译者对原文的全新表述。由于译者的语言和作者的语言属于两种不同的语言,所以二者并未处于同一语言层面,存在一定的距离,而译者要做的就是保证自己和作者之间的距离尽可能地维持动态平衡,保证语用和语义在不同阅读习惯以及不同语言和文化之间保持和谐,可以适当地增添,也可以适当地简略。译者在翻译过程中显露出的审美趣味是其对原作品审美的感知,同时融入了其自身的态度、立场、志趣、精神以及全新的感受和体验。文学翻译是跨文化、跨语言的审美交际行为,是一种在原文基础上实现再创作的过程,这种创作主要体现在译者对原文进行的重新塑造,以及对原文意义进行的重新表达。当然,这个过程并非简单地对原文进行复制,而是译者将自己的精神力量、立场态度和情感倾向融入其中做出的全新的行为。

总之,文学翻译其实就是译者运用语言艺术,结合自己的审美取向进行再创造的过程,译者就是文学译作的再创作者。文学作品想要在译语环境中实现长久传播,必须依靠译者对原文的再创造,实现原文的再生。

(三)选择性

文学翻译是选择的艺术,译者跨越两种语言、两种文化进行意义的转换,处处面临着选择。从所译文学作品的选择到翻译策略的制定,从对原文的理解到再表达,从字词搭配、句与句之间语意的连接到整个译文语篇的前后一致,均离不开译者的选择。

译者的选择具有很强的主观性和倾向性,也具有顺应性和适应性等特征。首先，译者在选择被翻译作品方面具有很强的主观性，因为译者在兴趣、爱好、性格、气质方面存在着明显差异。译者根据自己的情况做出恰当的选择不是一件容易的事。其次，译者在翻译过程中的选择同样具有主观性，并且离不开自身的创造性。译者是化解矛盾的主体，是实现对话并达到交际目的的主体。译者在选择被译作品之后即开始进入翻译过程，是采用归化译法，还是采用异化译法，都与译者自己的主观选择有关。译者组织译文、行文、适切原意进行表达等种种选择，无不带有个人的主观色彩。然而，译者在领悟到文学文本的含义之后，不论是采用归化法还是异化法，是直译法还是意译法，都要确保准确地传达原作的含义，使译文通畅、语意连贯，力求使译文读者获得与原文读者一致的感悟和启发。所以，译者的主观选择离不开对原文的准确解读，译者必须发挥艺术想象力和创造力，方能实现跨语言、跨文化审美交际的目的。

二、译者的基本素质

（一）职业道德

文学翻译其实是一种富有创造性的、高度复杂的艺术形式，它对译者的要求极高，因为译者只有精准地理解原作的内容，才能创作出比肩原作的译作，这就要求译者具备较高的艺术感悟力，良好的文学素养、语言资质、职业道德以及广阔的知识面等。傅雷先生曾在《论文学翻译》一书中这样说道："一个成功的翻译者除了学习外语，中文也不能忽视……以艺术为根本，不敏感之心灵，没有温暖的同情，没有适当的欣赏，没有相当大的社会经验，没有全面的知识（所谓的杂项），潜在地彻底了解原作，就是理解，可能无法深刻理解。"[1]对于译者来讲，培养基本素养在其整个翻译生涯中是一项长期的工作。

---

[1] 傅雷.傅雷谈翻译[M].沈阳：辽宁教育出版社，2005：78.

职业道德是从事任何职业所必须具备的基本素质，文学翻译尤其如此。因为译作通常是给不懂外语的读者阅读的，读者对译作质量的信任完全建立在对译者职业道德信任的基础上。因此，文学翻译者首先必须具备良好的职业道德。文学翻译的职业道德包括正确的态度、严谨的作风、坚韧的精神和追求完美的品质。所谓正确的态度指的是译者在对待文学翻译时要保持正确的心态，追寻艺术之美，切忌急功近利。所谓严谨的作风指的是译者在翻译过程中要将精准作为首要条件，容不得半点马虎；牢记"失之毫厘，谬以千里"的警示。所谓坚韧的精神指的是译者在翻译过程中遇到无法解决的难题时，要敢于直面，敢于亮剑，切忌投机取巧、逃避困难。所谓追求完美的品质指的是译者在翻译过程中要保持谦虚的态度，努力学习，积累翻译经验，精益求精。

从职业道德层面来讲，老一辈的翻译家是我们学习的榜样，严复先生曾说："一名之立，旬月踟蹰。"傅雷先生为保证翻译质量会在翻译前进行大量的准备工作，长达数月，在翻译过程中同样是字斟句酌："初稿每天译千字上下，第二次修改（初稿誊清后），一天也只能改三千余字，几等重译。……改稿誊清后，还得再改一次。"[1]

（二）心理和生理素质

翻译不仅是两种语言的转化，更是复杂的心理过程，受语言意识、思维方式及心理机制的影响。

1. 对汉语的理解力

要想从事翻译工作，仅靠热爱是不够的，还需要具备一定的基础素质。翻译并非单一的能力，而是多种能力的综合，这在译者理解汉语内容的过程中得到了充分的论证。译者不能充分理解汉语内容的主要原因可能是缺乏足够的想象能力和概括能力，而这两种能力与译者的阅读经验以及生活经验有很大的关系，译者缺乏这两种能力会直接影响其对原

---

[1] 傅雷.傅雷谈翻译[M].沈阳：辽宁教育出版社，2005：64.

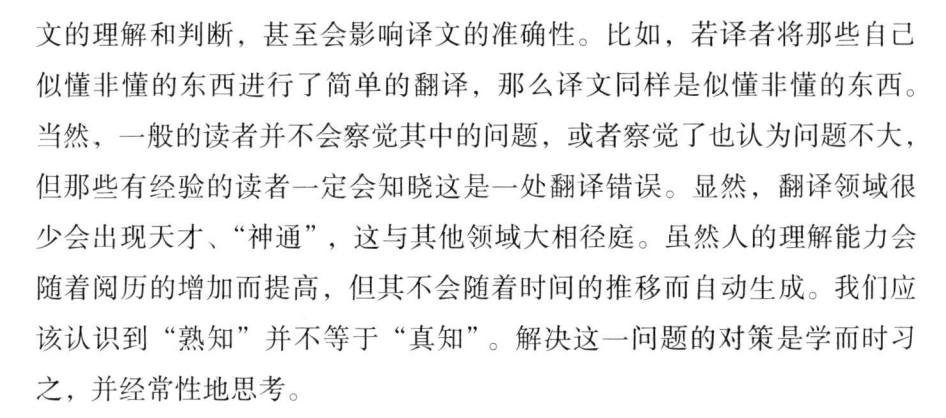

文的理解和判断，甚至会影响译文的准确性。比如，若译者将那些自己似懂非懂的东西进行了简单的翻译，那么译文同样是似懂非懂的东西。当然，一般的读者并不会察觉其中的问题，或者察觉了也认为问题不大，但那些有经验的读者一定会知晓这是一处翻译错误。显然，翻译领域很少会出现天才、"神通"，这与其他领域大相径庭。虽然人的理解能力会随着阅历的增加而提高，但其不会随着时间的推移而自动生成。我们应该认识到"熟知"并不等于"真知"。解决这一问题的对策是学而时习之，并经常性地思考。

2. 对外语的判断力

对外语的判断力是将来能否成为一位优秀译者的关键。译者如果被称为优秀的译者，那其不仅对中文有着深刻的理解，还对外文有充分的理解，看到文章标题就能知晓该文章大意，阅读文章首段就能知晓该文章的优劣。

3. 对原文的审美力

在翻译文学作品时，译者只有感受原作的美学特征，才能成为"美的使者"，延长原作的生命力。

4. 对译文的控制力

译作的魅力一定和译者有关，可能是译者的信仰、思想，也可能是译者的家教、阅历。这种魅力是由译者的功力决定的，译者完美拿捏译作的关键就是对译文的控制力，这是译者功力最直观的体现。

5. 身体能力

译者要确保身体得到充足的营养。翻译对脑力的消耗很大，在翻译过程中，译者需要全神贯注，耐心细致，当遇到一些不理解的字词和句子时，可通过上下文的含义来分析，或者在网络上寻找相似的内容来帮助自己理解，如果实在理解不了，可单独批注，暂时跳过，在对全文有充分的理解后，再回过头来解决这些问题。因为对全文有了精准的把握，

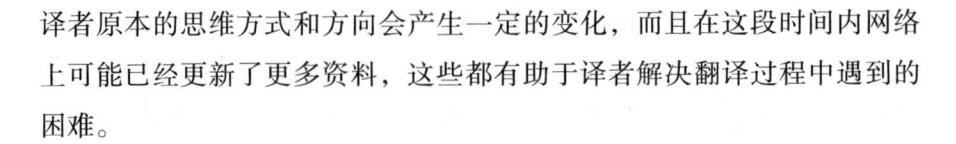

译者原本的思维方式和方向会产生一定的变化，而且在这段时间内网络上可能已经更新了更多资料，这些都有助于译者解决翻译过程中遇到的困难。

（三）语言素质

一位优秀的译者需要具备良好的语言素质，如扎实的语言功底、熟练的语言驾驭能力、广阔的语言视野等。扎实的语言功底主要指译者熟练掌握源语和译入语的语言规范，不仅善于书面表达，还善于口头表达，熟悉具体的语言环境与语言运用方法。熟练的语言驾驭能力主要指译者在语言的词汇、语法、语义和语用层面的驾驭能力，其凭借字、词、句和语篇等具体的语言要素得以体现。

语言素质还包括译者的语言视野。如果译者只停留在字、词、句、语篇等层面，那就谈不上具备广阔的语言视野了。译者需要对语言的外部因素和内部因素有充分的了解，如语言与语言接触、语言与语言政策、语言和方言等。例如，高尔基的《海燕》有许多中文译本，其中流传最广、影响最大的当属戈宝权的译本。戈宝权对这个不足千字的文章进行了五次修订重译，对词序、选词、标点等进行了反复研究，精心锤炼，力求语言上的完美。此外，他还考虑了作者的写作风格、社会环境等语篇的内外部因素，以及译文在读者中可能产生的影响。这些都反映了优秀的译者所需具备的语言素质。

（四）文学修养

一位优秀的译者必须具备良好的文学修养，如丰富的文学理论和文学知识以及高超的文学造诣等。因为文学翻译主要面对各种文学著作，译者只有具有良好的文学修养，才能精准把握文学著作的文体，了解文学著作的内容，熟悉不同的行文风格，对作家有深入了解。文学作品对作家的要求是"写什么像什么"，对译者的要求则是"译什么像什么"。

林语堂是一位著名的学者、翻译家，一生致力于用中文和英文进行写作和翻译，著译颇丰。他对东西方文化的了解十分透彻，中英文造诣深厚。关于林语堂，他的中文"补课"的故事可以给学习翻译的人许多启示。林语堂从小学到大学都就读于教会学校，其英文造诣和对西方文化的了解便是由此培养出来的。然而，十几年的教会学校学习导致他国文荒废。到清华大学以后，他便开始了漫长的"补课"历程，研读许多古文作品和国学经典，广泛阅读文史类、语言类书籍，最终在古典文学名著英译上取得了巨大成就。缺乏文学修养的人做文学翻译是无法想象的。像林语堂一样，著名的文学翻译家都有深厚的文学造诣，他们都熟知国学和西方文化，学识渊博，著作文风严谨，译作自然。译者要提高文学修养，就要向他们学习，博览群书，用心学习，毕生学习。

（五）艺术感悟能力

一名优秀的译者需要具备较高的艺术感悟能力，如创造灵感、艺术思维等，当然，这些需要译者的生活经验足够丰富，艺术修养足够高，译者在经历过复杂的生活后再结合高度的艺术修养就有可能创作出优秀的译作。因为译者如果没有经历过作者的生活，自然无法做到感同身受，没有足够的艺术修养，自然无法感受原文中蕴含的情感，更谈不上与作者产生情感共鸣、创作出具有原文神韵的译作。郭沫若在《谈文学翻译工作》中明确指出，翻译的难度并不一定比创作简单，它同样需要创造，作者在经历后创作作品，译者需要经历作者的经历才能创作译作。傅雷全部译作有34部，其中巴尔扎克的作品占15部之多。傅雷对选择译什么是有原则的，他在《翻译经验点滴》中说："从文学的类别来说，译书时要认清自己的所短所长，不善于说理的人不必勉强译理论书，不会作诗的人千万不要译诗……从文学的派别来说，我们得弄清自己最适宜于哪一派：浪漫派还是古典派？写实派还是现代派？每一派中又是哪几个作家？同一作家又是哪几部作品？"[①] 傅雷与巴尔扎克性情相近、对文学

---

① 郭著章. 翻译名家研究[M]. 武汉：湖北教育出版社，2005：327.

看法一致、工作习惯相似、日常生活及言行接近，而且他的留法经历使他对巴黎十分熟悉，所以他翻译巴尔扎克的作品时能做到得心应手，译出原文的神韵。

傅雷在《翻译经验点滴》中还说："文学家是解剖社会的医生，挖掘灵魂的探险家，悲天悯人的宗教家，热情如沸的革命家；所以要做他的代言人，就得像宗教家一般的虔诚，像科学家一般的精密，像革命志士一般的刻苦顽强。"①这段话将作者和译者之间的关系描绘得活灵活现，与郭沫若所言异曲同工。

（六）丰富的情感

要想使译文能够深深地打动读者，与译者产生思想和情感上的共鸣，译者就要具备丰富的情感。只有这样，译者才能感受和体悟到文学作品蕴含的各种情感，才能将其完整地展现出来。茅盾先生曾经说："要翻译一部作品，先须明了作者的思想；还不够，更须真能领会到原作艺术上的美妙；还不够，更须自己走入原作中，和书中人物一同哭，一同笑。"②文学作品大多都是依情行文、文随情转，译者要能够体会其中的艺术感染力。

（七）丰富的想象力

文学作品的翻译离不开想象，想象与文学的艺术性密切相关。想象以原有的表象和经验为基础，通过自觉的表象运动，创造具有新颖性、独立性的新形象。想象可以分为再造想象和创造想象。译者借助想象可以更深刻、更全面地挖掘和领悟原作中的审美艺术价值，在具体的翻译实践中创作出更有新意、形象更加饱满的意象。

丰富的想象能够使译文生动形象、有创意，达到事半功倍的效果。西方的一些散文、诗歌在进行汉译时就需要译者充分发挥想象力，感受

---

① 郭著章. 翻译名家研究[M]. 武汉：湖北教育出版社，2005：329.
② 陈福康. 中国译学理论史稿[M]. 上海：上海外语教育出版社，1996：248.

诗歌原有的审美内涵及价值。例如:

Behold her, single in the field,
Yon solitary highland lass!
Behold her, single in the field,
Yon solitary highland lass!
Reaping and singing by herself;
Stop here, or gently pass!

将其翻译如下:

你看呵!那边的田野里,
苏格兰姑娘她独自一人,
一面收割挥镰,
一面尽情歌唱。
你停停步!要不就悄悄走过。

(八) 专业操作能力

信息时代需利用在线词典、搜索引擎、电子语料库、翻译软件、翻译网站论坛等现代信息资源和技术来提升外语专业学生的信息素养,有效提高英语专业学生的翻译操作能力。

1. 语言对比能力

熟悉双语在语音、语法、词汇、句法、修辞和使用习惯上的种种差异。打破双语之间的天然壁垒,既要会"因循本质",又能"依实出华",收放有度,把地道的原文转换成为规范的译文。

2. 跨文化能力

翻译是一个需要"know something about everything"的专业,也就是"You don't need to know everything about something, but you need to know a little bit of everything"。译者知识结构应该是越健全越好,当然,样样精通也是做不到的,但是,"译——行通——行"却是可能的。对于

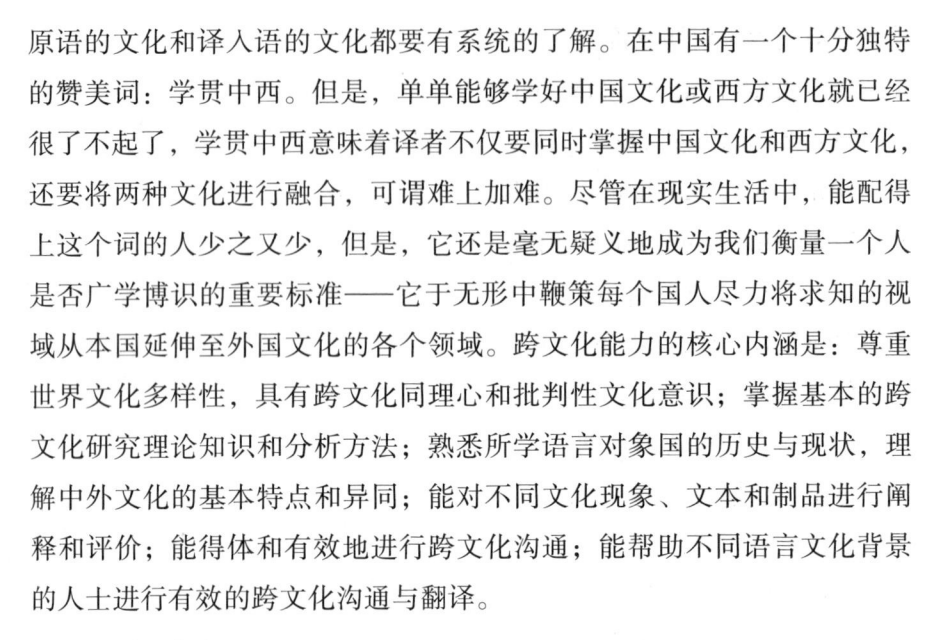

原语的文化和译入语的文化都要有系统的了解。在中国有一个十分独特的赞美词：学贯中西。但是，单单能够学好中国文化或西方文化就已经很了不起了，学贯中西意味着译者不仅要同时掌握中国文化和西方文化，还要将两种文化进行融合，可谓难上加难。尽管在现实生活中，能配得上这个词的人少之又少，但是，它还是毫无疑义地成为我们衡量一个人是否广学博识的重要标准——它于无形中鞭策每个国人尽力将求知的视域从本国延伸至外国文化的各个领域。跨文化能力的核心内涵是：尊重世界文化多样性，具有跨文化同理心和批判性文化意识；掌握基本的跨文化研究理论知识和分析方法；熟悉所学语言对象国的历史与现状，理解中外文化的基本特点和异同；能对不同文化现象、文本和制品进行阐释和评价；能得体和有效地进行跨文化沟通；能帮助不同语言文化背景的人士进行有效的跨文化沟通与翻译。

3. 母语能力

大量阅读经典的汉语著作。随着阅读量的增加，我们自然会对汉语语法和表达法的认识得更为深刻。倘若有常常练笔的习惯，能力提高会更快。

4. 外语能力

大量阅读英文报刊、著作和英译本。由于汉译著作是由翻译而来，或多或少地会保留一些原文的语言结构、句式和表达法，这是培养翻译语感最为直接和有效的途径。

（九）字、词典的运用能力

1. 会查词典和工具书

对于那些语言能力偏低的译者来讲，词典就是最重要的工具，如果此类译者不擅长或不喜爱翻查字典，就不配当一个译者。译者想要清楚所有句子的结构以及内在含义，就需要踏踏实实地观察例句，勤勤恳恳地翻阅词典。因为译者所翻译的每个词、每句话，甚至每个地名、作者名、书名、姓名都要有据可查。

译者需要的基本词典包括百科词典、人名及地名词典、英汉词典等。在互联网时代，绝大多数资料都能在网上查到，网络就是一个方便且包含海量知识的工具书、图书馆，但一般网页上的文章并非十分可靠，还是应以实体的出版书籍为准。如果发现明显冲突，可直接在网上查阅原书和原刊物，也可到图书馆查阅或直接购买。

英汉词典与互联网作为工具书和资料库是相互补充、缺一不可的。如果译者不会使用英汉词典，那么其理解能力和翻译水平就会有所欠缺；如果译者不善于从网上查阅各种资料，那么其翻译水平和解决问题的能力同样会有所欠缺。为了保证将一个词翻译准确，将词典中该词的整页解释和例句都看一遍是最基础的要求。

2. 校对

对译者来讲，校对是耐心和精神的双重考验。很多人在阅读自己的文章时都没有耐心，只会重复审查一两遍，而翻译需要时刻比对原文和译文，一遍遍校对，而且两篇文章并不方便翻阅，这是非常考验译者的耐心的。校对的基本步骤有译文通读、原文与译文对照、原文通读。

常常有人问我："应该读些什么书来提高汉语水平？"我的建议是，先读传统经典的文学作品，熟悉古汉语、成语和典故；再读现当代的经典文学作品，熟悉现代汉语的使用方法。

第五章　文学翻译的多维转换

第五章 文学翻译的多维转换

文学翻译策略与翻译生态环境要互相适应。从生态翻译学的视角出发，译者为了适应翻译生态环境而做出选择的一类活动即为翻译。要想将文学作品翻译得精准到位，译者就应当采取适应翻译生态环境的文学翻译策略，我们可以从众多的文学翻译作品及翻译的相关环节中了解到这一点。翻译生态环境可以从两个角度来分析：其一，从语言在某一特定时期的状况的角度出发，翻译生态环境主要是指翻译主体与客观翻译环境，其中翻译主体涉及读者、译者、作者之间的内在关系，客观翻译环境主要包括社会政治环境、语言文化环境以及经济环境等；其二，从生态翻译学的视角出发，我们将原作、源语、目的语共同构成的环境称为生态翻译环境，具体来说，它是指由委托者、读者、作者以及社会、文化、交际、语言之间的相互联系与彼此互动所共同构成的一个整体。

在生态翻译学视域下，在文学翻译的过程中，译者应当将生态环境中的所有要素都考虑进来并进行综合分析，使得翻译生态环境中的各个环节和要素都能在翻译作品中得到平衡，从而体现出翻译环境中的一种生态之美。要想使翻译活动中的各要素实现一种平衡，就应当在"多维度适应性选择"的原则下，注重"三维"转换。所谓"三维"转换主要是指在生态翻译学视角下，在进行翻译活动时应当关注语言、文化与交际三个维度的适应性选择，确保译者在整个翻译活动中保持一种积极性与主动性。为了使得译文能够更加精准地表达作者的意图，译者需要在三个维度之间自由穿梭，实现转换。所谓"语言维适应选择"，主要是指在翻译过程中译者应当注意在不同的翻译环境中同一词汇所表达的概念也会有所区别，因此需要对译文的语言形式进行合理的转换，其涉及字音字义、措辞搭配、语言结构等方面的内容。所谓"文化维适应选择"，主要是指译者在展开翻译工作之前，首先应当对源语与目的语的文化内涵进行充分了解，只有了解二者在文化方面存在的差异，才能较为准确地将作者意图准确地表述出来。所谓"交际维适应选择"，主要是指译者通过准确、客观、理性地表达原著作者的真实意图，实现人与人之间的情感交流与信息沟通的目的。"三维"转换理论要求译者在翻译过程中注意在不同角度与不同层次寻求多维度适应，进而做出适应性选择转换，也就是所谓的"整合适应选择度"。要想达到翻译的理想效果，译者就应当确保较高的"整合适应选择度"，这取决于"适应性选择"与"多维度适应"程度的高低，而后两者与前者之间是成正比的关系。可以说，翻译过程中运用的适应转换维度越多，选择的适应度就会越高，进而使得译文的整合适应选择度相应地提高。

从生态翻译学视角看，对翻译操作的分析应当在"多维度适应性选择"的原则下展开，译者应当尽量从多视角、多维度、多层次出发进行适应选择性的转换，转换程度越高，译者翻译出的译文准确度就越高。

第一节　文学翻译中语言维度的转换

从语言角度出发，不同语系的语言在句法、构词法、修辞等方面都存在差异。以英语与汉语为例，英语属于印欧语系，而汉语属于汉藏语系，它们作为语言在谋篇布局、发音等方面都有着各自特有的规律与特点。这就涉及两个全新的名词，即"形合"与"意合"。其中，形合指的是句子内部以及句与句之间的构成方式以句法手段为主，而意合主要指的是句子内部以及句与句之间的构成方式以语义手段为主。由此可以推断，英语更加侧重"形合"，而汉语更加侧重"意合"。具体来说，英语更加注重形式结构上的合理性。比如，英语中的固定短语搭配、句型结构、语法知识、谋篇布局等内容以义定形、以形驭义，就像一棵大树，枝杈相连；而汉语则注重"意合"，以意驭句，形散意连，仿佛一江波涛，层层推进。汉语句子属于主题显著的句子，放在句首的不见得就是句子的主语，往往只是提出一个话题；而英语句子除了状语、定语等修饰成分，放在句首的往往就是句子的主语。除此之外，语言表达习惯方面的问题也能够反映出二者在语言思维方式上存在区别,如英语习惯通过静态角度突出某些动态现实,而汉语则习惯通过动态视角突出某些静态现实。

从通常意义上理解,文学翻译的具体操作应当是以句子作为翻译的基本单位,但是实际情况并非如此。要想使得翻译作品的通篇内容足够精准,就应当以文章段落或者语言片段作为翻译的基本单位,这样可以避免在译文中出现逻辑关系混乱、词汇运用不当等问题。因此,在文学作品翻译过程中,应当以语段、句群作为基本结构单位,从逻辑结构方面入手把握通篇内容,使译文的内容在结构上联系紧密,在意义的表达上具有向心性。其中,语段又可称为语言片段、句子组合,也就是大于单句的语言片段,或者是几个句子的组合,这些片段或组合放在一起可以表达完整的语意。在具体的翻译过程中,译者应当首先厘清整篇文章的结构与表达的思想感情,尤其在逻辑关系方面要读懂、读透,然后对词义、句义以及语段结构进行最大限度的认识与掌握。因此,结构尤为关键,在此基础上,译者要将源语结构转换为目的语结构;结合目的语结构的具体需要,再进行词性、词句的调整,包括词语、词句的增减等,以促使译文具备目的语的特征,最终使源语与译入语所表达的意思一致。

英语段落的结构形式通常分为两种:一种是围绕某一中心思想的形散而神不散的结构形式;另一种是常见的类似于汉语的"总—分—总"的结构形式,即段落开始部分提出主题句,然后围绕这个主题句展开分述,最后对分述的内容进行总结归纳,并与主题句呼应。但是英语翻译注重"形合",强调句子结构的合理性,通常采用可以连接上下文的关联词,在结构上显现出句与句之间的逻辑关系。通常来说,英语段落的主题句就是该段落的中心思想,全段的内容描述都是围绕这一中心思想展开的。一般情况下,一个段落只有一个主题句,而将全篇每一个段落或者章节的主题句串联起来,就构成了整篇文章的中心思想,也就是核心内容。对于段落而言,每一个段落的首句就是整段的主题句,而紧跟主题句的后续内容都是为了论证这一主题句展开的阐述，在语义方面要保持一致性，在逻辑结构方面要严谨。与英语相比，汉语段落的主题句表达得较为含蓄，作者通常采用一种迂回的方式表达中心思想，也不直接表明句与句之间的意义与关联，给人以一种若隐若现的感觉。当然，在具有严谨的逻辑关系的段落中，句与句之间也存在一种环环相扣的关系，但是汉语段落大部分属于形散意合的结构形式；反观英语的段落结构形式，通常采用的是各式各样的逻辑关联词，而这些词语在汉语表达中是经常被省略的。

除此之外，在一个语段中，汉语句子通常是按照时间顺序进行排列的；而英语则不同，只要语句意思表达准确无误，逻辑关系清晰，句子中就可以插入句子成分或者从句。从句群角度看，汉语可以先总论后分说，也可以先分说后总论，然后配"总之"等词汇。因此在英译句群时，最关键的是搞清楚句群中句与句之间的逻辑关系，明确各个词语或者从句所修饰的主语或者中心句，通过层层分析，理清英语句群所表达的内容，然后转换成汉语的语言表达方式将其描述出来。

总之，通过对比英汉语段落的构成情况不难发现，二者在结构上既有相同之处，又有不同之处，其中段落构成方面存在的差异较为明显。这就要求译者在进行文学翻译时学会适当地调整与变通，以使源语所表达的内容合理地通过译入语的方式表达出来，这样读者在阅读译文时才不会出现理解有误、无法理清文章的结构逻辑关系等情况。试看以下例句：

【例1】 在四川西部地区，有一处绝美圣地。它的身后便是岷山的主峰雪宝顶，那里玉翠峰麓，山间流水潺潺，到处充满着鸟语花香。它就是位于松潘县的黄龙。

译文：One of Sichuan's finest spots is Huanglong（Yellow Dragon）, which lies in Songpan County just beneath Snow Treasure Summit, themain peak of the Minshan Mountain. Its lush green forests, filled with fragrant flowers, bubbling streams and singing birds, are rich in historical interest as well as natural beauty.

原文对四川绝美圣地黄龙进行了描述，此段文字的描述方式采用的是典型的中国式思维，即先描述、叙述，再对文章进行总结，也就是将作者的中心思想安排在文章的结尾处展示。而西方人的思维方式恰恰相反，他们在文章谋篇布局方面也与我们存在很大的差异，这与东西方思维方式的差异有着密切联系。东方文化讲究含蓄的表达方式，而西方文化更加强调直白的表达方式，因此西方人习惯在文章或段落中开门见山地提出观点与看法，然后通过演绎推理的方式展开论述。原文是对黄龙的详尽描述，具有一定的祈使功能与信息功能，为了使译文也能具备这两种功能，译者采用了西方人的思维与表达方式，摆脱了原文思维方式与书写结构的束缚，将蕴含最关键信息的句子安排在段落的首要位置作为主题句，即黄龙位于哪个地区，是一个怎样的绝美圣地，通过如此先声夺人的方式，瞬间吸引读者的眼球，比较符合西方人的语言表达方式与思维方式。在两种不同语言的自由转换过程中，语序的调整并非是一种随心所欲的调整，而是为了满足语义表达的需要而进行的调整，以使段落结构看起来更为得体。在进行句与句之间的逻辑关系安排时，应当注意将那些关系相对较为紧密的句子首先安排在一起，而将另外一些关系相对疏远的句子分开。此外，句子与句子的组合也包含着不同的逻辑关系。在进行句意表达时，只有层层递进、逐层表达，才能将这种关系展现出来，并将原文所要表达的思想准确完整地描述出来。

【例2】 你的角上挂着两只破鞋，这是孙家的那个善于侍弄汽灯的小子胡乱挂上的。

译文：A pair of tattered shoes had been hooked on your horns. That was the brainchild of the Sun brother who was such an expert in the use of gas lamps.

原文中出现的"善于侍弄汽灯"原本是动态语句，而译者根据英语语言的静态特征，将其翻译为"such an expert in the use of gas lamps"。其中，原文中出现的"善于"在汉语中是动词，翻译为英语则用名词"expert"来表示。

在文学翻译中的语言维转换，不仅包括上述所提到的词性、词义、思维方式等内容的转换，还包括对源语语言风格形式的转换。下面就以老舍先生的文学作品《骆驼祥子》为例展开详细阐述，并加以具体说明。小说《骆驼祥子》是老舍先生的经典著作之一，文中所描写的故事发生在老北京城，因此小说中人物的语言描写都凸显了北京地方特色，浓浓的儿化音以及北京地方特有的语言表达方式，足以将北京人的性格特点展露无遗。这部小说的英语翻译者伊万·金（Evan King）在翻译过程中充分展现了语言维度的适应性选择转换的魅力，在保留原文特色的基础上，最大限度地将北京地区浓郁的用词特点以及口语化的语言特色展现出来，让阅读者能够理解与体会原文作者的表达意图。

【例3】"哟，祥子？怎——"她刚要往下问，一看祥子垂头丧气的样子，车上拉着铺盖卷，把话咽了回去。

译文："Yo, Happy Boy? What...?" She was on the point of completing her question, but when she saw how crestfallen he looked, and that he had his bedding in his rickshaw, she swallowed the rest of her sentence.

【例4】"谁？哟，你！可吓死我了！"高妈捂着心口，定了定神，坐在了床上。"祥子，怎么回事呀？"

译文："Who is it? Ai, it's you! You frightened me to death!" Kao Ma pressed her heart, trying to compose herself, and sat down on her bed. "Happy Boy, what happened to you?"

上述两组句子都将老舍先生小说中的人物语言的口语化特色展现得淋漓尽致，译者伊万·金很好地运用了语言维的适应性选择转换，将原文所要表达的信息内容精准地移植到了目的语中。上述两组句子中都存在一个口语化特色突出的语气助词"哟"，而同样的词语用在不同的语境中所表达的感情色彩是有所差别的,并且在语用功能方面也存在差异。在例3中,祥子非常渴望得到在杨家拉包月的活儿,并且表现出了极大的热情,但却突然从杨家回来了,虎妞此时用了一个"哟"字,表现了一种不明原因的惊讶之感,译者将其翻译成"Yo",准确地将小说中人物的内心状态传达了出来。在例4中,高妈同样使用了"呦"字,而此时高妈的内心活动与虎妞的内心活动是有所差别的,当高妈发现房子里的人不是别人而是祥子时,惊讶之余表现出来的更多的是一种放心,所以她此时的心情更多的是一种轻松愉悦之情,因此译者将其译为"Ai",将高妈的心情准确地传达了出来。除此之外,语言维的适应性选择转换还包括对源语中词汇的褒贬以及修辞的转换,具体例句如下:

【例5】 Two years trying to bring this thing to life. And then it sputtered, coughed and died.

译文:我花了两年时间构思小说,结果它残喘了没多久就胎死腹中了。

该例句中的"this thing"和"it"均指的是一部小说。由于原文作者将小说进行了拟人化的处理,译者为了最大限度地将源语中的情感准确地传达出来,在翻译时进行了语言维度的适应性选择,通过"sputter""cough"和"die"这三个动词将原文作者的心理状态真实地展现出来,做到了在语言修辞特点方面的灵活转换。

【例6】 But he was resourceful. It was his idea to build the raft to catch fish... The cook was a resourceful man.

译文:但是他很有办法。是他提出造一艘木筏来捕鱼的想法……厨子是个诡计多端的人。

该例句是电影《少年派奇幻漂流》中的一段话。在电影中,"cook"(厨师)被设计为一个负面的人物形象,首先他在粮食充足的情况下吃了一只老鼠,之后将水手杀死用来做捕鱼的诱饵,例句开头的"he"指的就是这位厨子。英语单词"resourceful"在例句中出现了两次,仅从字面意思来看，其翻译成汉语为"机智的、资源丰富的、足智多谋的"。但是当同样的词汇出现在不同的故事情境中时，其意思也会大不相同。通过分析该词汇出现的故事情境，可以将其翻译得更加精准。具体来说，第一个"resourceful"出现在由"but"引导的转折句中，结合前面的故事情节，即厨子吃了只老鼠，虽然可以让观者感受到一定的贬义色彩，但是其程度并不是很高。因此，译者在此将其翻译为"很有办法"，精准地将源语中的感情色彩传达了出来。对于第二个"resourceful"，结合前面的故事情节，即水手被杀当作诱饵，与老鼠的下场同样悲惨，译者将其贬义色彩发挥到了极致，将其翻译为"诡计多端"，与前面的内容相呼应。如果此处将其直接翻译为"足智多谋"，就会在表达上出现曲解的情况。以上对"resourceful"的翻译也是语言维的适应性选择转换的一种具体体现。

第二节 文学翻译中文化维度的转换

英国语言学家彼得·纽马克于1988年将翻译过程中的文化介入分成五大类，其中第一大类就可以归为翻译的生态学特征。戴维·卡坦于1999年对翻译生态文化的分类做了进一步的细化与明确，重新界定了政治环境、物理环境、气候、服饰等翻译的生态环境。这些都足以证明文化因素在翻译过程中的重要地位与作用。译者对翻译作品中涉及的两种不同文化的掌握程度直接影响着翻译作品的质量以及两国之间的文化交流。在生态翻译学视角下，译者的最终目的在于通过其翻译作品将源语中的文化内涵准确完整地传达出来，并使读者容易理解与接受。

【例1】"他大叔，出了什么事？"

译文："What's happened, good uncle？"

文学翻译过程中的文化维的适应性选择转换本质上就是一种译者在

两种不同文化之间的自由转换,其前提是译者对两种不同文化内涵的深刻理解与把握。从语言角度来说,英语与汉语分别属于不同的语系,其中汉语属于汉藏语系,而英语属于印欧语系,不同语系有着各自的发音规则与语法结构规律等。由此可见,译者在翻译过程中如果没有很好地了解两者的文化观念与内涵差异,就会不可避免地导致各类文化冲突,进而给翻译工作带来重重阻碍。上一节中我们提到伊万·金翻译的《骆驼祥子》(Rikchsaw Boy)获得了巨大的成功,这与译者恰当的文化维的适应性选择转换有着密切的关系。小说《骆驼祥子》是一部充满浓郁文化气息的文学作品,涉及宗教、制度、精神、物质等方面的诸多文化因素。伊万·金的译取得作成功的原因在于其最大限度地做到了将文化的相关信息进行不断的适应选择,从而将源语中的文化内涵准确完整地传达了出来,同时方便了译文读者的阅读理解。

【例2】 他不会睡元宝似的觉。

译文:He couldn't be able to sleep curved like a bent bow.

这里出现了一个中国文化中特有的名词"元宝",它是古代市场上流通的一种货币的名称,对于没有接触过中国文化的外国人而言,元宝是一个陌生的事物。"睡元宝似的觉"是对人物睡姿的生动描述,如何将其转换为恰当的目的语,将其意思表述清楚显得尤为重要。这时译者就应当对两种不同文化进行恰当的转换,将其转换为一种目的语阅读者便于理解与接受的词汇。此处译者将其译为"bent bow",既从文字角度解决了读者在理解方面的问题,又将文化内涵进行了巧妙的转换处理,便于译文读者接受。

【例3】 过了麦收,雨季来临,按规矩媳妇都要回娘家歇伏天。

译文:The harvest was in, and the rainy season was about to begin. Local custom demanded that new brides return to their parents' home to pass the hottest days of the year.

【例4】 在三九天那些最冷的日子里,大雪弥漫,堵塞门户,院子里的树枝被积雪压断。

译文：During the coldest days, heavy snowfalls sealed us inside, while outside, tree branches snapped under the wet accumulation.

例句3与例句4中出现的"伏天"与"三九"是中国人表达气候变化的专用名词，用一句中国古话说就是"冷在三九，热在三伏"。"三伏"在中国古语中表达的意思是一年当中最热的一段时间，从夏至算起，大致可分为初伏、中伏以及末伏三个阶段。中国人习惯用"三伏"天来表示盛夏的气候。与此同时，为了凸显最冷的一段时间，中国人习惯用农历"九九"的说法，用以计算时令。以冬至日为起点，每过九天为一"九"。所谓"三九"指的是其中的第三个"九天"，也就是从冬至日起总共度过了二十七天。在中国民间谚语中有"一九二九不出手，三九四九冰上走"的说法，足见天气之寒冷。此处译者为了将中国文化中表达寒冷的词语精准地传达出来，进行了文化维的适应性选择转换，采取意译的翻译策略来表达原文的意义，虽然由于文化差异，源语信息无法完全得以对应，但是其通过有效的措施与手段将其中所欠缺的部分进行了弥补，为译者更好地理解不同语言的文化内涵创造了条件，便于他们更好地实现对不同文化的吸收与消化。

【例5】"我家璇儿，非嫁个状元不可的！"大姑父说。

译文："Our Xuan'er will mary a zhuangyuan, top scholar at the Imperial Examination！" big uncle announced.

中国封建社会选拔人才的方式主要是科举考试。科举考试起源于公元605年，直至1905年被废止，总共延续了1300年，对中国考试制度有着深远的影响。"状元"一词就源于此，状元、榜眼和探花分别是古代科举考试前三名。在古代，只要家中出了状元，那么一家人的命运都将得以改变，所以才会出现诸如"范进中举"这样的故事。在该例句所在的小说中，由于大姑父为侄女的三寸金莲骄傲不已，他认为将来侄女的如意郎君一定会是一名状元。通过恰当的文化词语转换，将"状元"这一中国特有的文化词汇准确地传达出来,非常考验译者的专业水平与文化底蕴。译者需要通晓两种不同的文化,才可以在众多词汇中选出精准的词语对其加以阐释。这句话译者采取的方式是先直译,然后进行解释说明,即将"状元"直译为"zhuangyuan",然后紧接着对"zhuangyuan"做出解释,即"top scholar at the Imperial Examination"。因此,要想使原文与译文实现完美转换,译者就需要从文化维的适应性选择方面入手。只有译者充分理解与掌握了源语文化,才有可能结合目的语选择较为精准的表达方式,使得译文读者较为容易地了解不同国家的文化与历史。

【例6】 "What both of you kids don't or won't understand," Lacouture said, "is that this proposal is the camel's nose under thet ent flap. Of course it does. That's the beauty of package."

译文:"你们两个毛孩子所不理解或是不能理解的,"拉古秋说,"就是,这个建议是帐篷缝里伸进来的骆驼鼻子,当然是的。那是漂亮的包装。"

西方国家的人在平日的交谈中习惯引用寓言故事中的词语或者句子,这就类似于中国的经典寓言或者成语。如果译者将源语中的内容直译为对应的词汇或者句子,而不进行相关的解释说明的话,译文的读者就很难理解与消化源语实际想要表达的信息内容,这是由两种不同语系背后的文化差异导致的。在这段话中,译文中出现了"帐篷缝里伸进来的骆驼鼻子",如果译者不对这个西方的寓言故事进行阐述,作为在东方文化中成长起来的读者是完全无法理解其所要传达的文化内涵的。具体来说,该寓言故事源自阿拉伯寓言,讲的是一匹骆驼不想在营地外边过夜,就想方设法地到主人的帐篷里,它先要求将鼻子放进帐篷里,再要求将前腿放进帐篷里,最后甚至不顾主人的感受直接将其挤走,自己住进了帐篷里。只有了解"the camel's nose under the tent flap"的寓言背景知识,读者才能理解这一说法的含义,否则便会摸不着头脑。因此,译者在进行翻译时有必要提供附加信息,该译文即对此加注了说明,可见译者事先考虑到了这一点。

第三节 文学翻译中交际维度的转换

从生态翻译学视角出发，我们前面已经就语言维度、文化维度的译者适应性选择转换进行了详尽的阐述，下面我们就从交际维度对译者适应性选择转换进行探讨。

【例1】 我努力计算着她的年龄，但葵花的香气使我迷糊起来。葵花正在盛开，主秆粗壮如树，叶片乌黑胖硕，花盘大如脸盆，花瓣宛如金子锻造，叶片和茎秆上的白色芒刺足有一厘米，这一切构成了凶悍霸蛮的印象。尽管我算不清她的准确年龄，但我也知道她已经年过半百，因为她的双鬓上已经出现了白的发丝，她那两只细长的眼睛周围，爬满了密密麻麻的皱纹，那一口曾经洁白整齐的牙齿也变成了土黄的颜色，并且磨损严重。

译文：I tried to calculate her age, but the fragrance of sunflowers confused me. Yet even though no number emerged, I knew she was over fifty, because the hair at her temples had turned white, there were fine wrinkles around her eyes, and her once beautiful white teeth had begun to yellow and wear out.

从例1中不难看出译者并没有选择将源语中出现的所有语句译为目的语，仔细对比源语与目的语的具体内容可以看出，对于源语中的"葵花正在盛开，主秆粗壮如树，叶片乌黑胖硕，花盘大如脸盆，花瓣宛如金子锻造，叶片和茎秆上的白色芒刺足有一厘米，这一切构成了凶悍霸蛮的印象"这一整段内容，译者都没有进行相应的翻译。在源语中，上述内容在文中的作用从表面分析是对葵花进行的详尽补充，实则是一种对"西门白氏"的暗喻，这种暗喻主要是通过对盛开的葵花的描写，将其与"西门白氏"形成鲜明对比，以凸显"西门白氏"的衰老程度，也从侧面反映出那些对"西门白氏"进行迫害的人们的猖狂与嚣张。这种暗喻的修辞手法在中国的文学作品中经常被运用,这与汉语注重"意合",而英语注重"形合"不无关系。因此,由于不同语言表达方式的区别,在汉译英的过程中,结合英语语言的表达习惯,译者将这一段内容果断删掉,是为了避免出现译文误导读者的情况,也是为了便于读者精准地把握源语所要传达的意思。这也是从交际维的视角出发进行适应性选择转换的有益尝试。

【例2】"You bad!"and Huckle Berry began to snuffle too. "Consound it, Tom Sawyer, you're just old pie, compared to me. Oh, lordy, lordy, lordy, I wish I only had half your chance."

译文:"你还算坏吗!"哈克贝利也哼着鼻子要哭。"见鬼,汤姆·索亚,跟我比起来,你简直是呱呱叫。啊,天啊,天啊,天啊,我只要有你一半儿的运气就好了。"

从原文的描述中不难看出,源语作者非常注重人物性格的刻画。在译文中,译者将"you're just old pie"译成"你简直是呱呱叫",非常传神。"呱呱叫"这一叠词不仅传达了源语的语义内容,而且达到了幽默贴切的交际效果,使得人物形象跃然纸上,相信译文读者完全能感受得到。

将源语准确地通过目的语传达出来的过程,或者说将语言从一种文化背景成功移植到另一种全新的文化背景中的过程,实则考验的是译者的翻译功底,即考验译者能否从多个维度进行适应性选择转换,包括语言维、文化维、交际维等,从而使目的语读者群体能从译文中获取与源语读者群体同样的信息感知与情感体验。

从本质上分析,译者在文学翻译实践中交际维的适应性选择转换的大意是关注两种语言类型交际意图的准确传达。这就需要译者充分发挥作为文学翻译者的主观能动性,在准确传递原文信息的基础上,最大限度地通过适应性选择对原文作者的表达意图进行精准传达。笔者以老舍先生的小说《骆驼祥子》为例对此展开详尽的阐述。老舍先生以知识分子的视角对祥子的悲惨命运深表同情。祥子一生命运多舛,最终在沉重的打击之下彻底丧失了对生活的希望,逐渐堕落。老舍先生通过对骆驼祥子这个悲惨人物的命运的描写,无情地揭露了社会的黑暗,对社会底层人民的艰苦生活深表同情,对统治阶级对劳苦大众的无情压迫进行了痛斥与批判。该小说的译者伊万·金在翻译时将原文内容进行了部分修改,原著是以悲剧收尾,而译本则是以喜剧收尾。伊万·金之所以如此处理,主要是因为受到美国整个社会的意识形态以及思想潮流的影响。当时的美国刚刚经历过第二次世界大战的洗礼,战争对百姓生活产生了巨大影响,因此他们迫切希望看到"合家欢式"的故事结局,而不希望故事以悲剧收场,需要通过文学作品重新燃起对生活的希望。因此,伊万·金在故事的结尾处给出了圆满的结局,顺应了当时美国民众的心理需求,这也是一种适应性选择转换在交际维度的体现。此外,伊万·金还在不改变原著作者表达意图的基础上,对原著中的部分内容进行了适当的增删,以求目的语阅读者能够较为容易地理解与接受源语所传达的信息。

我国语言学研究领域的著名专家胡庚申教授,曾从达尔文"自然选择"学说中的"选择"与"适应"的基本原理中受到启发,从全新的角度出发,将翻译定义为译者适应翻译生态环境的选择活动。然而,翻译研究一旦涉及生态学,就应当从翻译内部各要素之间的关系方面展开分析,将翻译活动看作一个互动互联的整体。从学术角度看,译者的翻译过程应当是由语言、文化、交际三个方面构成的一个整体,而构成整体的这三个方面是相互依存的,我们称之为生态翻译学的三维转换。在翻译的具体实践中,译者要综合考虑,从整体出发,不但要将原文的信息和文化内涵准确地传达出来,还要从交际维把握原作的交际意图,不断地进行适应性选择转换,力求译出"整合适应选择度"最高的译文。

第六章 生态翻译视角下柳宗元文学作品英译案例研析

第六章 生态翻译视角下柳宗元文学作品英译案例研析

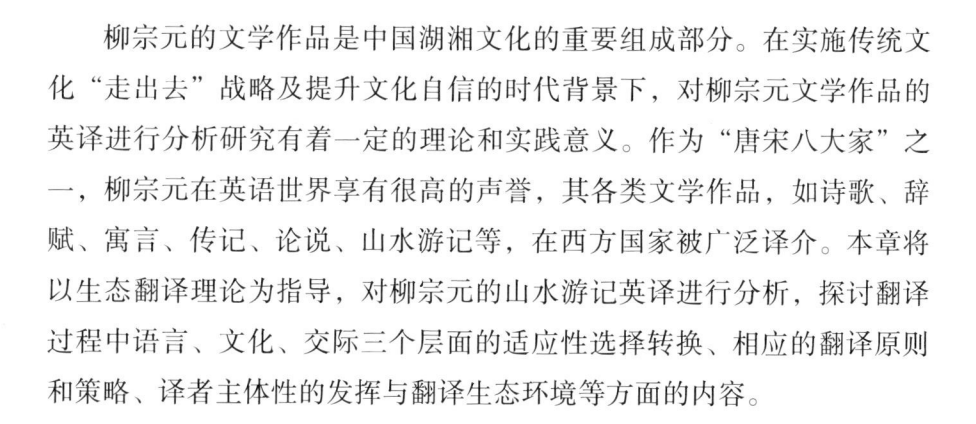

柳宗元的文学作品是中国湖湘文化的重要组成部分。在实施传统文化"走出去"战略及提升文化自信的时代背景下，对柳宗元文学作品的英译进行分析研究有着一定的理论和实践意义。作为"唐宋八大家"之一，柳宗元在英语世界享有很高的声誉，其各类文学作品，如诗歌、辞赋、寓言、传记、论说、山水游记等，在西方国家被广泛译介。本章将以生态翻译理论为指导，对柳宗元的山水游记英译进行分析，探讨翻译过程中语言、文化、交际三个层面的适应性选择转换、相应的翻译原则和策略、译者主体性的发挥与翻译生态环境等方面的内容。

第一节 柳宗元的山水游记及其译介

柳宗元（773—819年），中国唐代杰出的文学家、思想家，一生著述颇丰，体裁多元，涉及诗歌、辞赋、寓言、传记、论说、山水游记等。柳宗元开创了独具一格的山水游记文体，为后人所效仿，确立了山水游记散文在中国文学史上的地位。柳宗元不仅继承了前人客观描写山水的传统，更是开创了抒情寓理的写作手法，依托自然山水抒写内心感慨与人生理想，实现了物我合一的情景交融。在《柳宗元集》中，柳宗元所创作的山水游记有25篇，都是其在被贬之后所作，其中大部分作于永州。《始得西山宴游记》《钴鉧潭记》《钴鉧潭西小丘记》《至小丘西小石潭记》《小石城山记》《袁家渴记》《石渠记》《石涧记》等"永州八记"历来被公认为是柳宗元山水游记的代表作，其中前五篇作于元和四年（809年），后三篇作于元和七年（812年）。这些作品展现了一幅幅永州美景画卷，具有极高的审美价值。柳宗元的山水游记语言简洁凝练、言简意丰，句式上多为短句，排比偶对居多，善用比喻、拟人的修辞手法，风格质朴而优美。

自1867年的伟烈亚力（Alexander Wyile）向英国读者介绍柳宗元

起，国外学者开始对其文学作品进行译介研究。其中，1973年由美国汉学家倪豪士（William H. Nienhauser, Jr.）等人合撰的《柳宗元》（*Liu Tsung-yuan*）一书对柳宗元的生平、思想、文学作品等进行了详细的评介，对英语读者全面了解柳宗元起到了重要的指导作用。而在柳宗元的文学作品中，西方汉学家们对其山水游记散文的评价颇高。在《剑桥中国文学史》（*The Cambridge History of Chinese Literature*）中，宇文所安（Stephen Owen）认为柳宗元最著名的作品是寓言和山水游记散文，尤其是"永州八记"，其将游踪叙述、景色描写和感情阐述结合为一个令人满意的整体。在《哥伦比亚中国文学史》（*The Columbia History of Chinese Literature*）中，梅维恒（Victor Henry Mair）认为柳宗元的"永州八记"意义重大，因为它包含了中国第一篇具有文学价值的山水游记散文，旅行叙述、景色描写及个人情感表达在作品中发挥了主导性作用。到目前为止，对于山水游记散文的英译，零散的译文很多，但是完整、专门的译本比较罕见。就"永州八记"而言，完整翻译了八篇的译者只有徐英才、杨宪益和美国加利福尼亚大学洛杉矶分校的石听泉（Richard E. Strassberg）教授，其译作分别收录在2011年由上海外语教育出版社出版的徐英才所译的《英译唐宋八大家散文精选》，2005年由外文出版社出版的杨宪益、戴乃迭所译的《唐宋诗文选》及1994年由加利福尼亚大学出版社出版的石听泉所译的《题写的风景：中国古代游记选》（*Inscribed Landscapes: Travel Writing from Imperial China*）中。下面将从这三个译本中选取案例进行研析。

第二节　山水游记"永州八记"英译中的适应与选择

根据胡庚申的生态翻译学理论，翻译是译者适应翻译生态环境的选择活动，也是译者适应原文、源语和译语所呈现的世界，即语言、交际、文化、社会，以及作者、读者、委托者等互联互动的整体，也就是译者力求多维度适应，进而依次做出适应性选择转换的过程。译者需要遵循多维度适应与适应性选择的翻译原则，以产生"整合适应选择度"较高的译文，其具体的翻译方法为语言维、文化维、交际维的"三维"转换，即译者在翻译过程中对语言形式、双语文化内涵、交际意图的适应性选择转换。以下将结合"永州八记"的具体英译案例进行分析。

一、《始得西山宴游记》英译案例研析

《始得西山宴游记》作于唐宪宗元和四年（809年），是柳宗元因参加王叔文革新运动被贬到永州担任司马后所作，是"永州八记"的第一篇。文章主要描写了柳宗元发现西山、宴游西山的经过及由此产生的"心凝形释，与万化冥合"的感受。全文分两段：第一段写了始游西山前"恒惴栗"的心情及对西山景色的总体评价——"怪特"；第二段具体写了游西山的情景及感受，寓情于景，情景交融。

从生态翻译学理论的视角看，最佳翻译就是"整合适应选择度"最高的翻译。一般情况下，译本的"多维度适应"和"适应性选择"的程度越高，其"整合适应选择度"也就越高。以下将从语言、文化和交际三个维度来分析徐英才和石听泉译本的差异。

（一）语言维的适应性选择转换对比

语言维的适应性选择转换，即译者在翻译过程中对语言形式的适应性选择转换，是在不同方面、不同层次上进行的。语言层面的转换是翻译过程中最基本的转换。整体上，徐英才和石听泉的译本均能准确传递原文表达的信息，但由于两位译者本身所处的翻译生态环境不同，他们在词汇、句法和语篇层面做出了不同的适应性选择。通过比较两个译本，发现徐译本力求准确再现原文的意图及用词的美感，而石译本更注重用简练的语言再现原文的主要含义。

1. 词汇层面的比较

【例1】 始得西山宴游记

My Virgin Trip to "the Banquet" in the Western Hill（徐英才译）

My First Excursion to West Mountain（石听泉译）

在此标题中，"始得"二字突显了西山之游对柳宗元的重要意义。西山之游极大地改变了柳宗元的心境，让其少了一分悲伤，多了一分超越自我的旷达。游览西山之前，柳宗元也常寄情于山水之间，却难以排解自己被贬后的苦闷，而从西山之游中获得的感悟让他在精神上得以解脱，达到了"心凝形释，与万化冥合"的境界。"宴"同样表达出了西山之游对柳宗元的特殊意义。对柳宗元而言，游览西山犹如赶赴一场盛宴。比较两个译本的选词，徐译本中所用的"virgin"隐含着"untouched, completely new"的意思，相比石译本中所选用的"first"更能准确地表达出西山之游给柳宗元带来的脱胎换骨式的心境改变。在翻译"宴"时，徐译本用"banquet"精准地表达出柳宗元对西山之美犹如盛宴的评价，而在石译本中这一重要评价被直接删掉了。"西山"高不过百米，石译本中的"West Mountain"给人山高耸入云之感，而徐译本中的"Western Hill"更能体现游记的写实感。

【例2】 到则披草而坐，倾壶而醉。

...there we cleared a spot of weeds and sat down to quaff...（徐英才译）

...we would sit down on the grass...（石听泉译）

这句话描述了柳宗元及其徒游览山水时的具体行为动作：坐在草地上喝酒至醉以排解心中忧郁。对比两个译本，在翻译"披草而坐"时，徐英才通过"cleared a spot of weeds and sat down"把"披草"和"坐"的两个连续动作的细节画面准确地呈现出来，如观影一般具体生动；而在石译本中，"sit down on the grass"没有动作的具体细节，在用词上稍显寡淡。

因此，从以上案例可以看出，徐译本在词汇层面的语言维度适应性选择转换比石译本把握得更好。

2. 句法层面的比较

【例3】 遂命仆人<u>过湘江，缘染溪，斫榛莽，焚茅茷</u>，穷山之高而止。

...I crossed the Xiang River, headed along the Ran Stream, hacked through clustered bushes, and burned up thick thatches and weeds on the way...（徐英才译）

... across the Hsiang River, following along Tinting Stream. We cut a path through the forest growth and burned the dry brush that stood in our way...（石听泉译）

这句话通过四个三字动宾结构组成的排比描述了柳宗元发现西山后带仆人爬西山的一系列动作。对比两个译本，徐译本完全保留了原文的动宾结构和排比；而石译本把原文的排比结构完全摒弃，把四个动作分译成两句话，其中前两个动作也没有保留原文的动宾结构，而是通过介词短语和现在分词短语来表达。因此，在翻译的句法层面，徐译本的语言维度适应性选择度比石译本更高。

（二）文化维的适应性选择转换对比

文化维的适应性选择转换是指译者在翻译过程中关注双语文化内涵的传递与阐释，关注原语文化和译语文化在性质和内容上存在的差异，避免从译语文化观点出发曲解原文。总体上，两个译本都能准确地传递与阐释原语文化内涵，但由于译者所处时代不同、文化背景不同，在一些文化点的适应性选择上存在偏差。有着双语背景的诗人、翻译家徐英才在原文文化背景的理解上比美国汉学家石听泉更加准确、到位。

【例4】 萦青缭白，外与天际，四望如一。

The zigzagging green hills and meandering shimmering rivers...（徐英才译）

White clouds wound about in the clear blue atmosphere...（石听泉译）

这句话描述了柳宗元爬上西山山顶所看到的美景：青山绿水，相互萦绕，与遥远的天际相接，环看四周，风景如一。原文中的"青""白"是形容词活用为名词，分别指"青山""白水"。在中国文化中，"青"可以代表草绿、绿、蓝、黑四种颜色。根据语境，此处的"青"所指颜色为绿色而不是蓝色，"白"并不是指白云，而是因阳光照射而泛着白光的水。因此，在这句话的翻译中，由于对原语文化理解有误，石译本出现了误译现象；相比之下，徐译本准确地理解了原文文化并传递出了语文文化内涵。

（三）交际维的适应性选择转换对比

交际维的适应性选择转换是指译者在翻译过程中关注双语交际意图的适应性选择转换，关注原文中的交际意图是否在译文中得以体现。本文为一篇游记，交际意图主要为传递柳宗元描述的所历之过程、所见之美景与所想之感受。对比两个译本，从译语读者感受方面考虑，在翻译时间、地点等专有名词时，石译本的交际维适应性选择度比徐译本更高。

【例5】 今年九月二十八日，因坐法华西亭，望西山，始指异之。

...until the 28th day of the 9th month this year...（徐英才译）

This year, on the 28th day of the 9th lunar month（November 9, 809）...（石听泉译）

这句话记录了柳宗元发现西山的具体时间与地点。在翻译时间时，石听泉结合中国古代的时间表达惯例，通过添加释义"November 9, 809"的方式，让译语读者能够更清楚、准确地获悉柳宗元游览西山的时间，实现了游记写实性的交际意图；而在徐译本中，读者想要了解具体的时间信息就得另外查找资料了。

【例6】 是岁，元和四年也。

...in the 4th year of Yuanhe.（徐英才译）

...the fourth year of the Yuan-ho era（809）（石听泉译）

这句话记录了写此篇游记的具体年份：元和四年。对于不精通中国历史的译语读者而言，徐译本中的"the 4th year of Yuanhe"并不能向其传递原文所要表达的时间信息，无法实现交际意图。而石译本中增加了"809"这一世界通用年份表达的释义，可以有效帮助译语读者获取"元和四年"所传递的信息，使交际意图在译文中得以实现。

二、《钴鉧潭记》英译案例研析

游记第一段写了钴鉧潭的位置和潭状，着力写了冉水奔流、迂回曲折而成潭的情景；第二段写了作者买田修潭的经过并抒发感慨，含蓄地写出了当时官租的繁重和人民的苦难生活，借因此潭而忘故土来反衬作者内心的哀愁与忧郁。

（一）语言维的适应性选择转换对比

1. 词汇层面的比较

【例1】 不胜官租、私券之委积……

Unable to stand the ever-accumulating amount of government taxes and private debts…（徐英才译）

I cannot pay the taxes and the debts that have piled up...（石听泉译）

这句话间接揭露了当时"官租、私券"对老百姓的盘剥。"官租"指政府征收的租税，"私券"指私人间互立的契约。在翻译时，徐译本将其译为"government taxes"和"private debts"，而石译本将其译为"taxes""debts"。对比两个译本，从选词上看，石译本用简练的语言准确贴切地表达了原义。根据柯林斯英语学习词典英文释义，"tax"一词指"an amount of money that one has to pay to the government"，从释义中可以清楚地看到，"tax"一词已明确是由政府征收的，无需再添加"government"；而"debt"是指"a sum of money that you owe someone"，从释义中也能看出其是指私人债务，所以不需要再添加"private"。因此，从选词方面来说，石译本的词汇使用更精准、凝练，语言维度的整合适应性选择度更高。

【例2】……愿以潭上田贸财以<u>缓祸</u>。

...I am selling the crop-fields by the tarn to <u>ease my financial pressure</u>.（徐英才译）

I would like to sell off the fields above the pond for cash to <u>settle what I owe</u>.（石听泉译）

这句话主要描述了饱受官租、私券压榨的老百姓迫于生计，决意卖地以暂时缓解越欠越多的租与债的压力。对比两个译本，在翻译"缓祸"时，徐译本选用了"ease my financial pressure"，体现了老百姓尽管辛勤劳作却依然摆脱不了租债越欠越多，无法还清的苦难困境，卖掉良田只能暂缓经济压力；而在石译本中，"settle"一词是指"结算、清算"，意为卖掉田地就可以还清所有债务，这与原文表达的"缓祸"存在偏差，不能准确传达不断累积的苛捐杂税给百姓带来的"祸"。因此，在"缓祸"一词的翻译上，徐译本的"ease my financial pressure"更贴切，整合适应性选择度更高。

2. 句法层面的比较

【例3】 ……有树环焉，有泉悬焉。

...with trees circling it and a spring streaming above.（徐英才译）

Surrounding it are trees, and there is a spring high above it.（石听泉译）

柳宗元用工整对仗的句式结构描绘了钴鉧潭的美：周围树木环绕，上有泉水垂悬而下。"环""悬"押韵，动静搭配，更增诗意。对比两个译本，在句法结构上，徐译本中独立主格结构"with+名词+现在分词"的重复使用使得译文前后结构一致，保留了原文结构的工整对仗，实现了译文内容形式与原文的对等，再现了原文的语言形式美；而在石译本中，读者只能了解钴鉧潭周围的环境，却无法体会原文的语言形式美。因此，相对而言，徐译本句法层面的适应性选择转换更胜一筹。当然，笔者认为如果再把"circling"改为"surrounding"，那么"surrounding"和"streaming"还可以从视觉、听觉上再现原文的"环""悬"押韵，这样译文的整体适应性选择度会更高。

【例4】 于以见天之高，气之迥。

...when the sky looks resplendently high and the space boundlessly wide.（徐英才译）

I could then see the height of the sky and the atmosphere stretching into the distance.（石听泉译）

在柳宗元诗情画意的记述下，山林野趣的小小钴鉧潭竟也有了"天高气迥"的别样境界，"天之高，气之迥"对仗工整的句法结构完美展现了古代散文的声音节奏美。徐译本通过重复使用"名词+副词+形容词"的结构再现了原文的工整对仗，其中"sky"和"space"中的/s/、"high"和"wide"中的/ai/让译文读起来韵律十足，使原文的声音节奏感在译文中得以实现。相比之下，徐译本在声音节奏感方面略逊一筹。因此，从句法层面来说，在保证准确再现原文内容的基础上，徐译本更加注重原文语言形式美、声音节奏感的呈现，整体适应性选择度比石译本更高。

（二）文化维的适应性选择转换对比

【例5】 钴鉧潭，在西山西。

Tarn Gumu lies west of the Western Hill...（徐英才译）

Flatiron Pond lies to the west of West Mountain...（石听泉译）

这句话主要介绍了钴鉧潭的方位。翻译这句话时涉及地名的翻译。地名是人类文明的产物，具有民族性、文化性、社会性等，在翻译时，需要考虑其背后的文化性。"钴鉧潭"是永州郊外不满十亩的一湾小潭，位于西山的西面，其源头是冉水，是由奔流砳山的泉水所聚成的一个熨斗状的水潭。"钴鉧"意为熨斗，在翻译时，既要顾及地名的发音，也要注意地名的特殊含义。对比两个译本，徐译本关注了地名的发音而选用了拼译法，将钴鉧潭译为"Tarn Gumu"，而石译本关注了地名的特殊含义而选用了直译法，将其译为"Flatiron Pond"。根据国内和国际的地名翻译标准，翻译地名时一般采用现代汉语拼音方案。因此，如果要兼顾地名的发音及特殊含义，可以通过添加释义将两个译本融合，译为"Tarn Gumu（a flatiron-shaped tarn）"，这样文化维度的整合适应性选择度更高。此外，在翻译"潭"时，徐译本选用了"tarn"一词，这个词通常指有源头的潭或小湖，准确地体现了钴鉧潭的特点，即体积虽小却是有源头的活水，而且"tarn"的发音也与"潭"字相似；而在石译本中，"潭"被译为"pond"，这个词通常指"池塘、水池"，其水一般为地下水，所以这个词的选用不能体现钴鉧潭是活水的特点，与后文水从源头奔流而来的动态描写不符。因此，在"潭"字的翻译选词上，徐译本的整合适应性选择度更高。

（三）交际维的适应性选择转换对比

【例6】 则崇其台，延其槛，行其泉，于高者而坠之潭，有声潨然。

Once the land was transferred, I heightened the banks...（徐英才译）

Then I increased the height of the viewing terrace...（石听泉译）

这句话记叙了柳宗元在接受卖房者出的价格后改造水潭的过程。原文中作者跳过房屋移交这一环节，直接从接受价格转到水潭改造，容易让读者费解。在翻译时，徐译本选用了增译的翻译技巧，通过增加"Once the land was transferred"来过渡，帮助读者准确理解事件前后的逻辑关系，实现了原文的按时间顺序讲述事件的交际意图；而石译本直接按照原文顺序跳过房屋移交这一环节，让译文在信息传递的交际意图上稍显突兀，事件记叙连贯性欠佳。因此，为了顺畅地实现交际意图，译者可以在译文中增添过渡语帮助读者顺利接收信息，有效发挥译文的交际功能。

【例7】 孰使予乐居夷而忘故土者，非兹潭也欤？

What is it that makes me so reluctant to return home from this wild land, I wonder? Is it this tarn?（徐英才译）

What else but this pond could make me glad to dwell among barbarians and forget my longing for home?（石听泉译）

"是什么使我乐于住在这夷人之地而忘掉故土？难道不是因为这钴鉧潭？"作者以满含激情的反问句作结，用反笔手法，以"乐"字写"哀"情，仕途不顺却"乐而忘忧"，似恬淡而实激愤，给人极强的心理无奈感。这"乐"的背后是难以忽视的乡愁。对比两个译本，徐译本连用一个特殊疑问句和一个一般疑问句来发问："是钴鉧潭让我乐于住在这夷人之地而忘掉故土吗？"但让人体会到的答案是：可能吧，不知道；而石译本选用"what else but"来突出强调钴鉧潭，这种反问的方式更能让人体会到肯定的答案：是的，只有钴鉧潭了。所以，相比之下，石译本更好地呈现了原文的反问的交际意图。

三、《钴鉧潭西小丘记》英译案例研析

《钴鉧潭西小丘记》全文共三段，记叙了柳宗元买小丘、修小丘的经过及游小丘时的喜悦心情，着力描写了小丘环境和景物的优美，以及作者同情小丘长期被弃置的命运，借以抒发自己怀才受谤、久贬不迁的感慨。

（一）语言维度的适应性选择转换对比

在翻译过程中，译者会对语言形式，特别是修辞风格等进行适应性选择。柳宗元山水游记原文语言简洁凝练、言简意丰，句式上多为短句，善用排比、对偶、比喻、拟人等修辞手法。

【例1】 其嵌然相累而下者，若牛马之饮于溪；其冲然角列而上者，若熊罴之登于山。

（中译文：那些重叠着、相负而下的石头，好像是俯身在小溪里喝水的牛马；那些高耸突出、如兽角斜列往上冲的石头，好像是在山上攀登的棕熊。）

Here a chain of boulders like cattle trooping down to be watered, there crags rising sheer like bears toiling up the hill.（徐英才译）

Those which jostle each other as they bend down from their height seem like oxen and horses drinking at a stream. Those which lunge upward in a line of sharp points resemble bears climbing a mountain.（石听泉译）

原文作者运用对偶和比喻的修辞手法，用简洁精练的语言把一堆堆没有生命的奇形怪状的石头，生动形象地描写成了一群群充满生气的牛马和猛兽，可谓栩栩如生、下笔传神。翻译这篇散文的关键是翻译出柳宗元散文简约的风格、生动形象的语言。从两位译者语言维度的适应性选择转换的角度来看，徐译本的整合适应性选择度较高：徐译本多维度地适应了原文的风格与语言，不仅把语言的简练再现了出来，而且把对

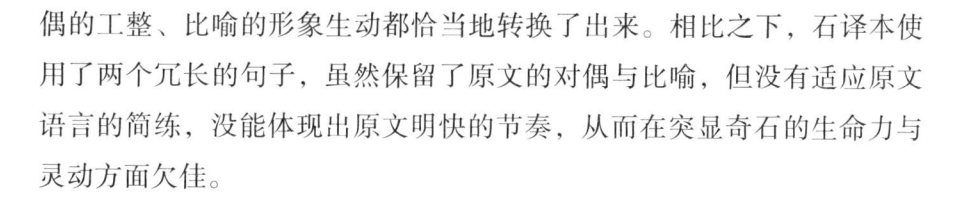

偶的工整、比喻的形象生动都恰当地转换了出来。相比之下，石译本使用了两个冗长的句子，虽然保留了原文的对偶与比喻，但没有适应原文语言的简练，没能体现出原文明快的节奏，从而在突显奇石的生命力与灵动方面欠佳。

（二）文化维度的适应性选择转换对比

在翻译过程中，译者要有文化意识，注意克服由文化差异造成的翻译障碍，为保证信息交流的顺利实现而做出适应性选择。

【例2】 枕席而卧，则清泠之状与目谋，瀯瀯之声与耳谋，悠然而虚者与神谋，渊然而静者与心谋。

（中译文：铺席展枕躺在丘上，眼睛触及的是清澈明净的景色，耳朵触及的是淙淙潺潺的水声，精神感受到的是悠远空旷的浩然之气，心灵感受到的是恬静幽深的境界。）

When you lie on a mat，...and the utter quietness refreshes your heart.（徐英才译）

I lay down using a mat as a pillow... and the capacious quietude sought out my mind.（石听泉译）

这个排比句描写了作者在整修后的小丘上所感受到的怡适和宁静，既显示了小丘的价值，也表达了作者获得宝地的欣慰之情。在这句话中，"心谋"中的"心"字是汉语文化中的一个关键词，它不仅仅是人体的重要器官，而且其引申的意义承载着中国传统文化的精髓，其含义远比英语中的"heart"一词要丰富。张建理在《汉语"心"的多义网络：转喻与隐喻》中总结了"心"字在汉语中的三类义项，即思维义、情感义和实体义。在英语世界中，"heart"一词是指人体器官，用以表达人的情绪，即对应"心"在汉语中的实体义和情感义，而思维义可以对应英语中的"mind"或"thought"，因此，在翻译中，"心"字的译词要根据语境进行选择，不能直接等同于英语中的"heart"。本句话主要抒写了作者获取宝地后的心情，"心"在此指"心境、心绪"等，对应的是情感义。因此，考虑到译文读者对"heart""mind"的理解与原文读者对"心"的理解存在文化差异，徐译本在文化维的适应性选择方面比石译本更能准确传达原文的信息。此外，"枕席而卧"是铺席展枕而卧，并不是像石译本中描述的把席子当枕头。因此，从文化维的适应性转换来看，徐译本更胜一筹。

（三）交际维度的适应性选择转换对比

在翻译过程中，译者需要为在译文中体现原文的交际意图做出适应性选择。

在例2中，徐译本增添了第二人称代词 you 和 your 来描述语境视角，而石译本是以"I"作为切入视角。在语境释义中，第二人称语用视点通常具有移情的语用功能，可以拉近作者与读者的距离，方便读者更好地接受作者所要传达的信息，具有更强的代入感。因此，从交际维的适应性选择角度来看，徐译本能更好地让读者体会到柳宗元置身于幽然之地的心境。

结合三个维度适应性选择转换的案例分析，徐英才的译本在语言、文化、交际等维度的整合适应性选择度更高。

四、《至小丘西小石潭记》英译案例研析

《至小丘西小石潭记》记叙了柳宗元游览小石潭的全过程，全文共四段：第一段着重描写了小石潭清冽的水、千姿百态的石头、青翠的树木；第二段生动描写了灵动的游鱼；第三段通过北斗星、蛇和犬牙三个形象的比喻，描写了溪流的曲折迂回，从而渲染小石潭环境的幽深、寂静和冷清。全文借小石潭的凄冷景象，抒发了柳宗元被贬后内心的忧伤与抑郁。

（一）语言维度的适应性选择转换对比

【例1】 隔篁竹，闻水声，如鸣珮环，心乐之。

I heard water warbling from behind a bamboo wood, sounding like multiple jade pendants clicking against each other ——very pleasing to the ear.（徐英才译）

... I heard sounds of water like jingling jade pendants and bracelets and found this delightful.（石听泉译）

这句话先声夺景，在陈述小石潭的美景前，主要描写了小石潭的美妙流水声，它就像玉佩和玉环相互碰撞发出的清脆声响，十分悦耳。对比两个译本，徐译本在保证原文内容准确传达的基础上，在选词上注重语言的声音美。例如，"warbling""sounding""clicking""pleasing"等词的选用，利用"-ing"音节给文字赋予了声音，让人仿佛听到了泉水的叮咚声，完美地营造出原文所要表达的声音意境，让人不禁对后面小石潭的景色充满遐想。而石译本只准确传达了原文的意思，在声音意境的营造方面稍显欠缺。本文是一篇游记散文，对于中国古代散文而言，其语言的形式美、声音的节奏美是必不可少的要素。在翻译散文时，译者也应对语言的形式美、声音的节奏美加以考虑。因此，徐译本在语言维度的整合适应性选择度更高。

【例2】 ...往来翕忽，似与游者相乐。

Then they darted back and forth as if they were teasing the visitors.（徐英才译）

Suddenly, they swim off, swiftly darting back and forth, seeming as happy as this traveler.（石听泉译）

这句话主要描写了小石潭中的百余尾游鱼游于水中动静自若的美景，令人心情愉悦，突显了潭水的清冽。"似与游者相乐"把客观的美景与作者的主观之情融为一体，恍若时动时静的游鱼在和岸边游玩的人相互取乐。对比两个译本，在翻译"相乐"时，徐译本选用动词"tease"来呈现游鱼与游客的互动关系及心境，隐晦地表达了游客之乐源于游鱼。而在石译本中，"相乐"被译为表达状态的形容词"happy"，传达了游鱼和游客的心境，但忽略了两者之间的互动关系，客体与主体的互动以及游客之乐的来源都没有在译文中体现出来。此外，结合此文最后对同游者的介绍，可知柳宗元并非孤身一人前往小石潭，所以此句中的"游者"并非一人，而是六人，徐译本中的"visitors"比石译本中的"traveler"更为准确贴切。因此，整体而言，在语言维度方面，徐译本的整合适应性选择度比石译本高。

【例3】……斗折蛇行，明灭可见。

...the pond narrowed down into a stream first zigzagging in the shape of the Big Dipper and then winding ahead like a snake.（徐英才译）

I gazed at the southwest corner of the pond, which was bent like the Dipper and wound about like a snake.（石听泉译）

这句话用动静相映的手法描写了小石潭的秀水。"斗折"是指静静的溪谷像北斗七星那样曲折绵延，"蛇行"是指溪水像蛇一样在溪谷中轻快地流动，动静相间，动中有静，静中有动。比较两个译本，徐译本把溪流分成了两段，前一段像北斗七星曲曲折折，后一段像长蛇蜿蜒向前，这与原文所要表达的溪水与溪谷的动静结合不相符，内容传达有误。同样地，石译本中也没有准确地传达溪谷斗折、溪水蛇行的原义，把溪流描述得既像北斗又像长蛇，令人感到费解。因此，根据生态翻译学理论，语言维度的适应性选择需在词汇、结构、句式等方面做到最佳适应与优化选择，笔者建议，在徐译本的基础上稍作调整，将其改为"...a stream with its banks zigzagging in the shape of the Big Dipper, its water winding ahead like a snake."以准确清晰地表达原义，再现原文对仗工整的表达结构，达到较高的语言维度的整合适应性选择度。

（二）文化维度的适应性选择转换对比

【例4】 同游者：吴武陵，龚古，余弟宗玄。

Sightseeing with me were Wu Wuling, Gong Gu, my younger brother Zongxuan.（徐英才译）

Those who traveled with me were Wu Wu-ling, Kung Ku, and my younger brother, Tsung-hsuan.（石听泉译）

这句话介绍了与柳宗元一同游览小石潭的人。其翻译涉及中国人名的翻译。姓名是各民族发展到一定社会历史阶段的产物，它与本民族的文化习俗及历史传统紧密相连。它不仅仅是个人的指称符号，更是交际的重要工具，而且在一定程度上体现着个人及其所属民族的身份与尊严，在姓名翻译时应"文化自觉，名从主人"（丁立福）。因此，在翻译中国人名时，应该尊重中国的姓名文化并按照中国人名拼写规则来拼译。根据2011年发布的《中国人名汉语拼音字母拼写规则》要求，中文信息处理中的人名索引应姓前名后，姓名之间用空格分开，姓氏的全部字母均大字，复姓连写，双姓用连字符连接，名的首字母大写，声调符号可以省略。对比两个译本，在翻译中国人名时，徐译本按照现行汉语拼音译法，将"吴武陵""龚古""宗玄"分别译为"Wu Wuling""Gong Gu""Zongxuan"，基本符合《中国人名汉语拼音字母拼写规则》，只是姓氏没有全部大写。根据拼写规则，这些人名可以译为"WU Wuling""GONG Gu""Zongxuan"。在石译本中，人名的翻译采用的是西方所研发的威妥玛拼译法。随着汉字拼音的诞生及传播，威妥玛拼译法已逐渐退出历史舞台。目前，世界上通行的绝大多数媒体在拼译中文姓名时也都以现行汉语拼译来代替原来的威妥玛拼译。因此，从文化维度看，徐译本的整合适应性选择度更高。

（三）交际维度的适应性选择转换对比

【例5】 以其境过清，不可久居，乃记之而去。

The place was too deserted for one to stay long, and I left there right after jotting down the sketch.（徐英才译）

The scene was far too quiet to linger long, so I wrote this down and departed.（石听泉译）

这句话描写了柳宗元的心境变化：由欣喜转为凄凉。这空无人迹、寂寥冷清的山野气氛引发了他神伤骨寒、悲怆哀怨的心境。客观的景色与主观的感受融为一体，让人因景生情，景与情之间存在着因果关联。对比两个译本，从交际意图来看，徐译本中的"deserted"一词一语双关，既传达了景色的寂寥冷清，又展现了作者被贬谪于此的凄凉之感，贴切地把客观的景色与主观的感受汇聚在一个词上，实现了原文所要表达的交际意图。而在石译本中，"quiet"一词只能描述景色的寂寥冷清，无法从中窥见作者的主观感受。因此，从交际意图的传递方面看，徐译本能更好地突出原文的客观景色与主观感受融为一体的交际意图。

五、《袁家渴记》英译案例研析

《袁家渴记》全文用四段来描写袁家渴的位置、轮廓与风景：第一段以钴鉧潭、西山为参照来衬托袁家渴的景色幽丽；第二段通过上游、下游、中间位置的描述勾画出了袁家渴的大致轮廓；第三段描写了其中的山、水、花、草、树，动静结合；第四段描写了袁家渴的冷落遭遇及名字由来，借袁家渴的境遇抒发作者怀才不遇、仕途不得志的悲伤忧郁之情。

（一）语言维度的适应性选择转换对比

【例1】 平者深墨，峻者沸白。

Where tranquil, the tributary is enameled with deep darkness, and where torrential, it splashes in white froth.（徐英才译）

Where the water is placid, its color is a deep black; where it flows rapidly, a frothy white.（石听泉译）

这句话用对仗工整的四字结构精练地描绘出袁家渴水的不同颜色，水流平静的地方呈深黑色，急流的地方像沸腾一样冒着白沫。对比两个译本的用词，在保证传达原文内容的基础上，徐译本的整合适应性选择度更高。在徐译本中，"where tranquil" "where torrential" 在视觉上结构对仗工整，在听觉上充满韵律节奏感，极好地再现了古代散文的美感；"splash" 一词的使用恰到好处，该词的发音让人仿佛听到了急流冲击石头冒出白色泡沫的声音，营造出了袁家渴水的画面感。虽然石译本也尽可能地保留了原文的结构美，但在词汇的选择上稍逊一筹。

【例2】 永之人未尝游焉。余得之，不敢专也……

People of the state of yong are not aware of this place yet...（徐英才译）

The people of Yung Prefecture have never traveled here ...（石听泉译）

这句话陈述了作者写下这一游记的缘由：这样清丽优美的风景却不被人所知，一直被埋没，连当地人都"未尝游"，故写下此游记告诉世人。在翻译"未尝游"时，徐译本选用了"are not aware of"，此短语意为"not know about"（不曾知晓），准确地把袁家渴因无人知而被埋没以至于"未尝游"明示出来；石译本的"have never traveled"只展示了表面的结果，没能将作者借景抒发的被埋没的忧伤体现出来。因此，从选词上看，徐译本的整合适应性选择度更高。

（二）文化维度的适应性选择转换对比

【例3】 由朝阳岩东南水行，至芜江，可取者三，莫若袁家渴。皆永中幽丽奇处也。

Down the southeast waterway from the Sun Cliff to the Wu River, of the 3 scenic attractions, the Tributary of the Yuans is the best. However, these are all the most secluded, beautiful an anomalous scenic spots in the state of Yong.（徐英才译）

And by proceeding from the Cliff facing the Sun southeast by water to Weedy River, one encounters three others, of which Yuan Creek is the finest. All of these are secluded, exquisite, unique places in Yung Prefecture.(石听泉译)

这两句话介绍了从朝阳岩到芜江的风光景点,涉及的地名较多,如"朝阳岩""芜江""袁家渴""永"等。地名是人类社会发展的特殊历史产物,具有社会性、民族性、人文性、时代性和地域性等特点。地名属于专有名词,其翻译应遵循"名从主人"的翻译原则和官方统一的规范标准,如1977年,联合国第三届地名标准化会议通过决议:采用汉语拼音作为中国地名罗马字母拼法的国际标准。在具体的英译上要遵循国家标准:《中国地名汉语拼音字母拼写规则》(汉语地名部分)和《少数民族语地名汉语拼音字母音译转写法》。根据规范,"朝阳岩"可译为"Chaoyang Yan"或者"Chaoyang Cliff","芜江"可译为"Wu Jiang"或者"Wu River","袁家渴"可译为"Yuanjia He"或者"Yuanjia Tributary","永"可译为"Yongzhou"或者"Yong Prefecture"。从整体上对比两个译本的地名翻译,徐译本基本是遵照现代汉语拼音方案来翻译的地名,符合中国地名翻译国家标准和国际规范;而出版于1994年的石译本仍然沿用的是威妥玛拼译法,已经不符合现在实行的中国地名翻译标准。因此,对于与民族文化相关的地名翻译,译者需遵循名从主人的翻译原则,遵照地名的原语读法翻译,同时与时俱进,以最新修订的相关国家标准和国际标准为准。

(三)交际维度的适应性选择转换对比

【例4】 其地主袁氏,故以名焉。

The owner of the place is surnamed Yuan, hence the name "the tributary of the Yuans".(徐英才译)

Its owner is the Yuan family, hence its name.(石听泉译)

这句话主要介绍了袁家渴名字的由来，其主要的交际意图为交代所游之地的名字及其由来的信息，以便加深读者的印象。因此，在翻译时要注重两个信息的传递：一个是名字的由来，另一个是所游之地的全称。徐译本清楚具体地交代了这两个信息，让读者可以一目了然地获取信息，实现了交际意图的传达；石译本同样交代了名字的由来，但是名字没有重复出现，只是用代词"its"替代，所游之地的全称没有清楚地呈现。总体而言，在交际维度方面，徐译本能让人对"袁家渴"这一名字的印象更为深刻。

六、《石渠记》英译案例研究

《石渠记》中，柳宗元按照找到石渠、观赏石渠、清理石渠、记述石渠的顺序来描写，融合自己的切身感受，推己及物，叹息于石渠幽景因被埋没而无闻于世和自己的曲折遭遇。全文共两段：第一段描写了石渠、石泓、小潭之美；第二段主要描写了疏通石渠并为石渠作传以便后人发现石渠的美。

（一）语言维度的适应性选择转换对比

【例1】 其侧皆诡石怪木，奇卉美箭……

All around the spring was a full range of unusually shaped rocks, rare trees, exotic flowers and graceful bamboos...（徐英才译）

Along the banks there are bizarre rocks, extraordinary trees, rare plants, and fine arrow bamboo...（石听泉译）

这句话用精练的语言描写了石渠侧边的景观，有奇异的石头、怪异的树木、奇异的花草、美丽的竹子等。原文采用了"形容词+名词"的表达结构，在两个译本中，两位译者都保留了原文的结构形式，但在"奇卉"一词的翻译上存在差异。"卉"可以指草木的总称，在"奇卉怪草"中也可指花。根据《袁家渴记》中"草则兰芷，又有异卉，类合欢而蔓生"这一句判断,其中的"草"即是草,"卉"即是花,因此该句中的"奇卉"主要指奇异的花卉,徐译本中的"exotic flowers"更能准确地传达出原文所表之意。整体来说,两个译本都能在内容与形式上与原文保持对等,只是在个别词汇的选用上,徐译本更为精准贴切。因此,徐译本在语言维度的整合适应性选择度更高。

【例2】 可<u>列坐</u>而庥焉。

...with a clear space wide enough for <u>a few visitors to sit in a row</u> and relax.(徐英才译)

...one can <u>sit down</u> and rest amidst them.(石听泉译)

这句话通过人并排而坐来介绍石渠边空地的大致面积。"列坐"指"并排而坐",徐译本通过"a few visitors to sit in a row"把空地的面积贴切地表达出来;而在石译本中,"列坐"被理解为"入坐",译为"sit down",这样空地的大致面积就无从得知了。因此,相对来说,徐译本在语言维度的整合适应性选择度更高,原文含义的传递更准确。

(二)文化维度的适应性选择转换对比

【例3】 <u>元和七年正月八日</u>蠲渠至大石。<u>十月十九日</u>逾石得石泓、小潭。

On the 8th day of the 1st month in the 7th year of Yuanhe... and then on the 19th day of the 10th month of the same year...(徐英才译)

In the seventh year of the Yuan-ho era, on the 8th day of the 1st lunar month(February.24,812)... On the 19th day of the 10th lunar month(November.26)...(石听泉译)

作者在这两句话中介绍了两次游览石渠的日期及所到之处。对比两个译本,在翻译日期时,徐译本按照原文的内容进行直译,没有考虑文化因素,直接把"正月"译为"the 1st month",严格来说,这个时间是不准确的。根据中国的传统历法,月份有阴历和阳历之分,"正月"是阴历说法，对应的阳历月份不一定是第一个月，后面的"十月"也不一定是第十个月。所以，从游记的纪实性来看，此译文提供的日期信息容易令人产生误解。相比之下，石译本考虑到了中国历法这一文化因素，通过增加注释的方式，清楚明确地把日期表达出来，消除了产生误解的可能性。因此，在这部分的翻译中，石译本在文化维度的整合适应性选择度比徐译本更高。

（三）交际维度的适应性选择转换对比

【例4】 故累记其所属，遗之其人，书之其阳，俾后好事者求之得以易。

I am now writing it down for a craftsman to inscribe on a stone tablet on the south hillside ...（徐英才译）

So I have composed a record according to its behest, to be transmitted to others, I inscribed this on the south side of the mountain ...（石听泉译）

为了让石渠的美景被更多的后来者发现，作者把石渠的清幽奇丽记录下来，并将其刻在山南面的石头上。这句是游记中的客观写实，所以它的交际意图为准确传递作者为石渠所做的努力：撰文、刻文。对比两个译本，有两处存在差异。徐译本认为石刻者是本地匠人，而石译本认为石刻者是柳宗元本人。那么，到底是谁呢？"遗之其人"中"其人"信息的准确性对于交际来说至关重要。通过查字典可知，"其"是人称代词，指"意之所属者"。那么"意之所属者"是谁呢？首先，根据原文"遗之其人"译为"留给那个人"判断，"其人"是第三人称，所以一定不是作者本人，而且柳宗元谪居永州十年，因戴罪之身，鲜有碑刻；其次，根据"书之其阳"判断，"其人"是会石刻之人，而古时石刻者未详的碑文大多由匠工完成。因此，徐译本中的"for a craftsman to inscribe on a stone tablet"准确地传递了原文的信息，实现了原文的交际意图。

七、《石涧记》英译案例研析

《石涧记》通过大量的比喻、排比描写了石涧的环境景观,全文共两段:第一段交代了石涧的方位,描绘了石涧的风光;第二段描述了几处游地在方位上的关系和沿途的风景。文中蕴含着作者的复杂情感,既有陶醉于自然风光的快乐和满足,又有难言的忧伤和哀怨。

(一)语言维度的适应性选择转换对比

【例1】 水平布其上,流若织文,响若操琴。

The water was rippling like a piece of silk and sounded like a piece of harp music.(徐英才译)

The water covers it evenly, its flow like embroidery, sounding like a strummed Ch'in zither.(石听泉译)

涧水平铺在石头上,缓缓的水流像织锦,潺潺的水声如琴音。这句话既写出了石涧平面拓展的美丽,又写出了涧水流动的声韵。对比两个译本,在原义传达的完整性上,石译本适应性选择度高;在选词及结构方面,徐译本更胜一筹。在完整性上,石译本完整传达了原义,而徐译本删减了"水平布其上"。在选词方面,"织文"是指织锦,染丝织成花纹的丝织品。徐译本选用了"a piece of silk"(一件丝织品),而石译本选用了"embroidery"(绣)。在中国文化中,织锦和绣是不同的物品,前者是丝绸,后者是丝绸的装饰技艺和装饰品;前者是"织"成花纹图案,后者则是"绣"成花纹图案。由此可见,徐译本的"a piece of silk"更为贴切。在行文结构方面,徐译本工整一致,都是"动词+like+ a piece of + 名词"结构,优于石译本。如果要在语言维度的不同层面达到尽可能高的适应性选择度,笔者建议融合两个译本,将此句译为"The water covers it evenly, rippling like a piece of silk and sounding like a piece of harp music."

（二）文化维度的适应性选择转换对比

【例2】……可罗胡床十八九居之。

...and cleared off a space big enough to hold about twenty reclining chairs.（徐英才译）

...from which we were able to construct eighteen or nineteen folding chairs.（石听泉译）

这句话描写了作者与同游者沿着石涧游览，最后清出一块可排放十八九张折叠凳的空地。句中的"胡床"是指一种可以折叠的轻便坐具。徐译本将其译为"reclining chair"（躺椅），即一种可供躺卧的折叠椅子，但这种躺椅在清代才开始出现。因此，这一选词与原文不符。石译本将其译为"folding chair"（折叠椅），即可折叠的椅子，有扶手和靠背。那么，到底唐朝的胡床外形如何呢？根据胡床的历史，胡床是源自希腊的一种简易轻便的折叠凳，没有扶手和靠背，直到宋代经过改良后才有了扶手和靠背。所以，唐朝的胡床是没有扶手和靠背的可折叠的凳子，不是椅子。因此，"folding chair"也不符合原文所描写的事物。鉴于唐代胡床的外形，笔者建议将其译为"folding stool"，这样读者就可以准确无误地感知到中国唐朝时期的胡床形象，从而了解中国的家具文化。

（三）交际维度的适应性选择转换对比

【例3】翠羽之木，龙鳞之石，均荫其上。

...and casting onto them would be shades from bluish-green feather like trees and dragon-scale-like rocks.（徐英才译）

Trees of the color of kingfisher feathers and rocks with patterns like dragon scales shaded me from above.（石听泉译）

这句话用一系列的比喻描写出了石涧的木石之美：像翠鸟羽毛般的树木，像鱼龙鳞甲般的石块，都遮蔽在胡床之上。在这篇游记中，作者的交际意图就是用语言展现石涧的美景画面。在翻译"翠羽"时，徐译本重点强调了颜色，将其译为"bluish-green feather"（蓝绿色的羽毛），传达了树木的颜色信息，但是作者用来表达树木之美的生动形象的比喻却荡然无存了，树木颜色的画面感全无；而且人们对颜色的界定是带有主观性的，"蓝绿色"在不同的读者看来会存在色差，但如果保留原文的翠鸟羽毛的比喻，可以保证颜色信息传递的准确性与一致性。因此，相比之下，石译本中的"the color of kingfisher feathers"（翠鸟羽毛的颜色）既保留了原文语言的生动性，又确保了颜色信息传递的准确性与一致性，实现了原文作者用语言描绘美景画面的交际意图。在翻译"龙鳞"时，两个译本分别用"dragon-scale-like"和"like dragon scales"保留了原文的生动比喻，准确贴切地把石头的画面感呈现出来了，再现了原文作者的交际意图。总体而言，从交际维度来说，石译本在这句中的整合适应性选择度比徐译本更高。

八、《小石城山记》英译案例研析

《小石城山记》全文共两段：第一段描写了小石城山的方位和奇貌；第二段由自然景观转入关于"造物主之有无"的议论，将作者内心怀才不遇的苦闷寄予在景物描写中，借景抒情，情曲旨远。

（一）语言维度的适应性选择转换对比

【例1】 环之可上，望甚远。

One can wind up to its top, from where one can see far into the distance.（徐英才译）

I was able to climb up it in a circular fashion, and gazed quite far.（石听泉译）

这句话介绍了作者的游览踪迹，意为盘绕着石山登上山顶，站在上面可以望得很远。这是一个无主句，在翻译时，两个译本都根据语境添加了主语。徐译本中的"one"以第三人称旁观者的视角，犹如导游一般,客观地介绍此游地不同位置的美景;石译本中的"I"以第一人称视角,描写了柳宗元游览时的具体动作,如日记一般。结合本游记第一段所提供的语境,作者采用"移步换景"的手法,从一个景点到另一个景点,重点在于对每个景点特色的客观描写,如土堡形态之美、山洞声音之美、植物品格之美等。所以,"one"的第三人称视角更能体现描写的客观性。此外,在这句中,"环"为动词,徐译本选用"wind up"这一动词短语,意为"蜿蜒而上",但"蜿蜒而上"并不一定是"盘山而上",也有可能是"蛇形而上",所以这个词语不能准确再现爬山的环形路线;石译本选用的"climb up it in a circular fashion"准确表达了"盘山而上"的路线,但语言不够简练,与原文语言风格不相符。综合不同层面的语言环境,笔者建议综合两个译本的优点,将此句译为"One can wind it round to its top and see further there."因此,在语言维度,译者需要在词汇、句式、结构、风格等语言的不同层次进行适应与选择,适应的维度越多,选择越优化,译文的整合适应性选择度就越高。

【例2】 其疏数偃仰,类智者所施设也。

What astonishes an onlooker is that they are so well-rendered in contrast of density and in variety of heights that it is as though they were intelligently planted.(徐英才译)

They grow densely as well as sparsely, some bending downward and others facing upward. It all seemed as if some keen intelligence had arranged them.(石听泉译)

这句主要描述了石山嘉树美箭品格之美:智。竹林分布疏密有致,有卧有立,好像是聪明的巧匠精心布置的。徐译本采用了意译的翻译方法,通过增加"What astonishes an onlooker is that"把原文中隐含的竹林之"智"令人叹为观止的含义明确表达出来;翻译"疏数偃仰"时语言也是高度凝练,符合原文的语言风格。而石译本主要采用直译的翻译方法,虽然语言不够简练,但贵在忠实于原文,基本保留了原文的语言结构，高度再现了原文内容。如"类智者所施设也"原文采用了主谓结构，在翻译成英文时，石译本保留了原文的主谓结构和主动语态，采用了主语"some keen intelligence"+谓语"had arranged"+宾语"them"的结构和语态。因此，从语言维度不同层面的适应性选择来看，石译本在这句中的整合适应性选择度更高。

(二)文化维度的适应性选择转换对比

【例3】 其一少北而东，不过四十丈……

...only to be stopped short at about less than a hundred yards ahead by a stream...（徐英才译）

...then east for not more than four hundred feet to where the land terminates at a fork in a stream.（石听泉译）

这句话介绍了从西山路口一直向北走出现的两条路之一：稍微偏北又折向东去，只走四十丈，路就被一条河流截断了。这句话提及了度量衡单位，在翻译时，需注意两种语言环境中度量衡单位的换算。"丈"是古代的一种长度单位，《唐六典》66卷载：唐代度量衡分大小二制，小尺一尺二寸为大尺一尺，十尺为一丈，官民日常用大制。故文中"四十丈"相当于400大尺。在唐代，1大尺=0.36米，1丈=3.6米。依此换算，400尺=144米。两个译本都统一使用了符合译语读者习惯的英制度量衡单位：徐译本选用了"yard"（码），而石译本选用了"foot"（英尺）。根据单位换算标准，即1码=3英尺，1英尺=0.3048米，徐译本中100码相当于91.44米，而石译本中的400英尺相当于121.92米。由于原文作者只是给出了一个长度概数，而且不同语言中的度量单位不是完全对等的，相对而言，石译本的长度更接近实际长度。为了提高游记的纪实性，笔者建议在翻译"四十丈"时采用拼译加注释的方法，将其译为"forty zhang（in Tang Dynasty, 1 zhang equals 11.81 feet）"，这样既保证了纪实性，也兼顾了语言中所蕴含的度量文化。

【例4】……又怪其不为之中州，而列是夷狄……

...why he does not bestow this marvelous view upon the center of China but instead upon such a remote barbarian area...（徐英才译）

...he did not situate this in the Central Plains instead of placing it here in the barbaric wilds...（石听泉译）

如果造物者真的存在，那他又为何要把如此秀丽的美景放在永州这荒夷之地而不是繁华的中州呢？柳宗元通过这句话来反问造物者的存在。这句话涉及"中州"和"夷狄"这两个地名的翻译。地名是中国文化的一部分，在翻译时，要把原语的文化语境考虑在内。这句话把繁华的"中州"和寂寥的"夷狄"进行比较，更多地是从两者的文化政治地位来对比。在中国历史上，唐朝的中州是指以洛阳至开封一带为中心的黄河中下游地区，是华夏文明和中华文明的发祥地，被视为"天下中心"。所以，中州是繁华的文化政治的中心地带。对比两个译本，徐译本选用"the center of China"来翻译"中州"，传递了"天下中心""文化政治的中心地带"的含义，把这个地名所蕴含的文化内涵准确再现出来；而石译本把"中州"译为"the Central Plains"，只是简单地从地理地貌的角度进行翻译，没有把地名所蕴含的文化内涵考虑在内。因此，石译本的选词不能突显中州的繁华与中心地位，无法与"夷狄"形成鲜明对比。整体而言，徐译本对词汇的文化维度的考量更为充分。

（三）交际维度的适应性选择转换对比

【例5】"其气之灵，不为伟人，而独为是物，故楚之南少人而多石。"

...and others say that the air here is to efficacious that it is more conductive to making beautiful scenery than to turning out great people...（徐英才译）

Another said, "The spiritual energies of this place do not produce great men, only such natural things. Therefore, in the south of Chu there are few talented men but many outstanding rocks."（石听泉译）

在言语交际活动中，为了特定的交际目的，说话人有时会转述、引用他人的话语。其中，有些是直接引用，逐字复制，叙述者对人物的话语及心理活动的干涉程度低，给读者一种身临其境的感觉；有些是间接引用，对他人话语归纳总结后进行转述，往往夹杂着转述者个人的情感色彩，叙述者的干涉程度较高。

在讨论造物者是否存在这一话题时，柳宗元先借用两个外人之口表达了造物者的存在，而后通过设问自答否定造物者的存在，强烈表达出自己不屈命运、不甘平庸、渴求摆脱现状以施展才能的心态。本句就是其中一个外人的说法：永州这个地方的灵气，只适合造奇石而非人才，所以永州少人才而多奇石。这是在劝慰柳宗元无需再执着于自己的抱负，而是落在此地注定平庸，这是天命，天命不可变。这里的交际意图更多的是柳宗元借助他人之口传递自己内心的想法，作者主观感受的参与和干涉程度较高，所以在翻译时间接引语的处理方式能更好地实现原文的交际意图。对比两个译本，采用间接引语方式的徐译本比采用直接引语方式的石译本更便于传递作者的情感。

结合以上"永州八记"的所有英译案例研析，从生态翻译学理论视角来看，徐英才和石听泉两位译者在翻译过程中都进行了不同程度、不同维度的适应性选择。相对而言，徐译本在语言、文化、交际维度的整合适应性选择度较高，在翻译过程中尽可能地实现了语言、文化、交际维度的最佳适应和优化选择。

总之，在实施传统文化"走出去"战略及提升文化自信的时代背景下，以本土创立的生态翻译学理论为指导，对柳宗元山水游记的英译进行分析研究，有助于拓宽中国本土翻译理论的应用范围，促进中华优秀传统文化的对外传播。

第七章 生态翻译与文学翻译的可持续发展

第七章 生态翻译与文学翻译的可持续发展

第一节 可持续发展概述

"可持续发展"一词的正式出现可追溯到19世纪80年代。1981年，时任世界观察研究所所长的美国人莱斯特·R.布朗公开发表著作《建设一个可持续发展的社会》，标志着可持续发展开始进入人们的视野。1987年4月，世界环境与发展委员会主席布伦特兰夫人在经过多年努力后发布报告《我们共同的未来》，她在报告中正式提出"可持续发展"这一重要理念，并明确了其定义。1989年8月，联合国召开了"国际人口、环境和发展研讨会"，会上通过了《寻求持续发展的宣言》。同年9月，联合国教科文组织在加拿大召开"21世纪科学与文化"第二次研讨会议，会上发表了重要宣言——《关于21世纪生存的温哥华宣言》，此宣言包含所有与会科学家的共同签名，明确提出"可持续发展是'科学技术能力、政府调控行为、社会公众参与'三位一体的复杂系统工程"。1992年，联合国在里约热内卢召开了高级别、大规模的"环境与发展大会"，会上通过了多项与可持续发展有关的重要文件。会议结束后，所有国家都对可持续发展表示高度赞同和认可。1995年，联合国社会发展首脑会议在哥本哈根召开，会上提出了发展的新观念，如"人民是从事可持续发展的中心课题""社会发展的最终目标是改善和提高全体人民的生活质量"等。可持续发展在由莱斯特·R.布朗提出后被赋予了独特的定义：既能满足当代人的需要，又不对后代人满足其需要的能力构成危害的发展，它具有的意义一直都是积极的、正面的，但这并不意味着该定义是完美的。该定义只是从人与人之间关系的角度出发，并没有阐述人与自然之间的关系，更没有确定该关系的基础地位。要知道，人与自然和谐发展历来都是可持续发展的重要目标之一；而且定义中对人与人之间关系的考察主要指的是前后两代人，对当代人之间的关系并没有提及。因此，该定义具有局限性。事实上，当代人之间存在的不和谐关系，如不同民族之间、不同地区之间以及发展中国家和发达国家之间存在的各种各样的矛盾，都会阻碍社会的可持续发展。所以，可持续发展的定义应该包含人与自然之间的关系以及前后两代人和当代人之间的关系，只要人与自然、人与人能保持和谐共处、互利共生的关系，就能推动双方共同进步，实现可持续发展。

由此可知，可持续发展理论的主要方向有两个：第一，实现人与自然之间的和谐共处。我们既要积极寻找实现人与自然和谐共处的方法，保证人与自然之间关系的合理化，又要将环境恶化、资源消耗、人类发展以及生态平衡联系在一起。第二，实现人与人之间关系的和谐。在人类社会，通过保持公平公正、控制舆论走向、倡导文化熏陶、增强制度和法治约束力以及用道德和伦理规范和感化的方式来影响人的行为，基本可以实现人与人之间关系的和谐。

可持续发展是人类在了解生态环境现状后经过深思熟虑做出的选择，是一种有别于传统的、带有新时代特性的发展观念，是人类为保护环境制定的独特的发展战略，它的提出变相地将环境保护、资源开发和人类社会的繁荣发展紧密联系在一起。另外，可持续发展观念还在当代人类社会制定或修改法律制度的过程中发挥着指导作用。例如，站在可持续发展的立场制定自然资源保护法，就应该遵守可持续发展的有关原则，如合理利用原则、协调发展原则、效益发展原则、公平分配原则以及国家宏观调控和市场调节共同作用的资源有偿使用原则。

（1）从内容层面分析，该理念是一种有别于传统的新型发展理念，与讲求人类均等的人文中心伦理观以及核心为生物的生物中心伦理观均不相同。该理念已经成为人类社会经济实现长久发展的指导性思想，并且对人类合理开发和利用自然资源的行为制定了更高的执行标准，以往那种完全忽略保护自然环境一味地追求经济增长的模式需要被舍弃，而一味地保护自然环境限制经济发展的模式也不适应将来的各种挑战。对此，人类正在积极地寻找经济发展和环境保护的动态平衡点，并希望通过对现有法律制度的完善或新法律制度的制定来维持这种平衡。基于此，人类必须首先明确可持续发展价值观，为立法提供指导，在兼顾公平和效率的基础上制定出符合可持续发展理念的自然资源法律制度，实现经济发展和环境保护的和谐统一。

（2）可持续发展理念凸显了资源和环境在保证人类生存、实现人类发展过程中发挥的重要作用，为人类忽视环境保护、资源开发与人类发展之间紧密关系的行为敲响了警钟。人类应在追求发展的同时重视资源和环境，重视二者的共存性、互动性、内在性、持续性，制定长远的发展规划，保证子孙后代的利益不受侵害。因此，制定自然资源保护法时应全面考虑能否在不损害子孙后代利益的基础上尽量保证当代人需求的满足，通过制定保护资源和环境的各项措施有效保护当代人和子孙后代共有的自然生态环境，实现人类社会的良性循环发展。

（3）为了保证我国可持续发展战略的有效实施，必须对现有的环境和资源保护法进行相应的修改和完善。自然资源保护法其实就是对自然资源进行可持续管理的法律法规，通过规划自然资源的开发和利用，不仅能保证当代文化、经济、社会发展需求的满足，还能确保后代的需求不受影响。自然资源保护法对自然资源的可持续分配是在社会主义市场经济理念的指导下进行的，是通过法律化的经济手段来管理的，这样做能在保护自然资源和促进经济发展的同时实现社会的可持续发展。

环境问题一直都是可持续发展理论的核心，这在各种与可持续发展有关的文件中都有明确体现，如1992年发布的《里约环境与发展宣言》就曾指出：为了实现可持续发展，环境保护工作应是发展过程的一个组成部分，不能脱离这一过程来考虑。

可持续发展模式和传统发展模式有很大的区别，它强调的是公平、持续、发展，是在多元化目标下形成的全新的价值理念。它认为区域经济的发展并不是评估该区域发展的唯一标准，区域内社会福利的提高度、地区发展的平衡度、资源利用的持续性、环境的稳定性和生态的协调性，甚至是人们的物质生活和精神生活的实际水平都属于评估该区域发展的要素。采用这种评估标准意味着区域的发展不能一味地追求经济发展，各方面发展的均衡性、协调性、稳定性、可持续性都应引起重视。

由此可知，可持续发展是社会、经济、生态三者的持续发展，是由三者组成的三维复合系统，三者缺一不可。其中，社会持续发展是目的，经济持续发展是条件，生态持续发展是基础，只有三者和谐共处，才能实现可持续发展。而人类坚持可持续发展理念就是为了追求生态环境、经济发展、社会稳定的和谐统一，实现三维复合系统的健康、稳定、持续发展。因此，可持续发展的核心就是积极寻找持续和发展的结合点，实现二者的统一。

可持续发展理念的提出是人类经历工业文明后的幡然醒悟，是在认识工业文明局限性的基础上对工业化发展模式的深刻反思，它面对的是当前全球范围内存在的问题。在可持续发展理念中，人与人之间是公平的，这种公平不仅包括不同区域之间以及区域内部各主体之间在环境保护资源的分配和利用方面的公平的代内公平，还包括当代人在保证自己享有发展机会的基础上认可并主动保证后代也具有相同的发展机会的代际公平。同时，评估区域发展的标准也由传统的"唯经济发展论"转变为区域内生态、环境、资源以及社会等各个方面的综合评估。可持续发展还特别重视外在环境与发展的整体性。可持续发展观作为一种新时代的发展理念，从空间和时间两个层面限制了工业化发展模式产生的负面效应，但本质是规范人类这一实践主体的行为。由定义可知可持续发展面临的问题有两个：一个是人与人之间的关系，另一个是人与自然之间的关系。因此，实现可持续发展的难点就是人类作为实践主体如何处理自身内部的关系以及自身和自然的关系，而后者更加重要。传统工业化发展模式之所以会导致代内不公平和代际不公平，只是因为人类在对待自身和自然的关系时没有摆正位置，而可持续发展理念自提出之日起就一直在研究如何正确处理人类与自然之间的关系。

第二节　生态翻译的可持续发展

由全球化引发的生态问题对翻译环境的影响涉及社会政治环境、自然经济环境以及语言文化环境。全球化背景下的生态翻译首先要求尊重和顺应翻译生态规律，然后发挥翻译的作用，促进翻译生态环境的改善，其为翻译的可持续发展提供了理据。

一、生态翻译要求具有国际视野

全球化背景下的生态翻译，首先要求我们拥有广阔的国际视野。一般情况下，译者的工作地点都不会脱离地域或国家，但将来的翻译行业一定会走向世界，所以译者的国际视野必不可少。另外，本地的翻译行业也会受到影响，因为有些国家或区域级翻译协会会主动对翻译的国际质量标准以及翻译学科建设和翻译教学发展状况进行详细评估。

1953年，丹麦、土耳其、挪威、意大利、德国、法国等国家的翻译人员成立了国际翻译家联盟（简称国际译联）。1976年，联合国教科文组织大会第十九届会议在内罗毕召开，会上通过了《为翻译工作者和译作提供法律保障并切实提高翻译工作者地位建议书》，在此文件的起草过程中国际译联也做出了一定的贡献。如今的国际译联拥有遍及60余个国家和地区的120余个会员组织，代表全球6万余名翻译工作者的利益，成为地区所有翻译工作者经济利益和职业利益的代表组织。

世界上各种文化能够实现相互交流和融合，翻译的功劳不可或缺。译者通过合理地运用自身能力捕获了语言这只"飞舞的蝴蝶"，并将其展现给其他语言、国度的人欣赏，完美再现另一种文化中蕴含的东西。

比如，西方人不理解东方文化，自然会误解东方文化的内涵，生活在两种文化当中的人没有进行相互沟通和了解是出现这种情况的根本原因。而翻译就是打破这种隔阂的关键因素，它在不同文化之间形成交流的纽带。没有翻译，不同文化之间不能进行有效沟通，但翻译不够精准，也会阻碍双方的沟通。

全球化的出现拉近了不同文化之间的距离，降低了交流的难度。翻译行业的蓬勃发展与社会的经济、文化发展紧密相连。近些年，翻译行业在中国的发展速度很可观，这与中国的经济发展有着直接的关系。改革开放以来，我国的对外交往大大加强，与其他国家的经济合作日趋密切，各个方面都需要翻译人员的参与。同时，经济发展又带动了另外一个产业的发展，那就是翻译教育业。我国在翻译教育方面已经彻底改变了过去只让学生研究外国语言和文学的局面，翻译教育已经在大学落地生根，设立了本科专业，这些专业的学生毕业后就能以专业翻译的身份踏入社会，这是中国历史上的首次。此外，我国出现了许多翻译公司，这些公司正在逐渐壮大。由此可见，我国的经济发展促进了翻译业的发展，同时翻译业的发展也服务于经济发展。

随着我国的翻译业逐渐走向世界，我国翻译界出现了两个发展趋势：一是翻译的专业化。要想把翻译工作做好，就必须实现翻译的专业化。那么，翻译的专业化从何而来？首先要从教育抓起，现在很多高校开始实施翻译专业的本科、研究生教育，目的就是使翻译朝专业化方向发展，只有翻译实现了专业化，才能提高翻译质量。二是翻译资格认证。这个认证过程就是现在全国正在推行的人事部全国翻译资格考试，其没有学历要求，只要有兴趣、有能力参加考试，通过考试后就能获得相应资格，就有挂牌营业的资本和可信度。翻译资格证书分为不同的级别、类型（如口译、笔译）和领域（如科技、文学、经济），这样客户可以准确地找到所需要的翻译人员。

当然，具有国际视野还包括国内翻译业界的相互合作，整合资源，积极参与国际竞争，并以此来提升我国翻译业的声望，推动我国翻译业的稳步健康发展。

总之，中国翻译研究想要实现进一步发展，就要具备国际视野，既要积极研究我国的传统译论，又要参考和借鉴世界各国的翻译理论，积极参加国际交流，创建富有中国特色的翻译学。

二、生态翻译要求做好分内之事

处于国际视野下的生态翻译对我们的要求就是向世界先进翻译规范看齐，积极做好分内之事。第一，营造一个良好的社会环境、自然生态环境以及规范环境，保证我国的翻译生态拥有肥沃的发展土壤；第二，使翻译行业的发展适应社会经济、文化的发展，满足社会需求；第三，制定相关的法律法规来规范翻译行业的方方面面，如翻译市场管理、翻译队伍建设、翻译教育、翻译政策、翻译规划等，同时加强伦理道德培养，以规范不合乎法律的行为和思想；第四，在翻译行业发展过程中及时纠正翻译产业、翻译组织、翻译研究、翻译教育当中出现的差错，努力向世界先进翻译规范看齐，培养翻译人员的竞争精神，推动我国翻译行业的发展步入正轨；第五，通过科学合理的手段提升翻译从业者的社会地位和薪资水平，调动翻译从业者的工作积极性；第六，培养翻译从业者的生态翻译意识。为顺应翻译国际化的发展趋势，我们可以在中国传统生态意识培养的基础上引进世界先进的培养方法，创建符合当代翻译发展要求的生态意识。

三、生态翻译要求确保语言文化多样性

处于国际视野下的生态翻译要求我们以公正、平等的态度对待世界各国、各民族的文化，只有这样才能保证世界语言文化的多样性。生态翻译其实就是在确保语言地位和文化交流平衡的情况下进行的翻译。我

们可以先研究生态翻译是如何从生态语言学发展而来的，然后从语言多样性方面对全球化背景下的生态翻译进行讨论。

1971年，美国斯坦福大学的Einar Haugen将生态学和语言学进行融合后提出并使用了全新的概念"生态语言"，这是世界上对"生态语言学"的最早记载。到20世纪80年代，生态语言学正式成为一门新兴学科。

奥地利生态语言学家Alwin Fill认为，生态语言学"研究语言在可能改善或解决生态环境问题中所起的作用；生态语言学家使用生态系统隐喻来描述语言系统，并借助生态学概念对其做出分析"，"在语言和言语层面对非生态的语言使用和语言系统中的人类中心主义现象进行分析和批评，探讨语言和生物多样性之间的关系"。显然，在生态语言学理论中，语言系统从属于生态系统，是生态系统至关重要的组成部分之一。所谓的语言系统其实只是自然生态系统对外界的反应，而且自然环境和语言之间存在着相互作用、相互依存的关系。因此，语言和生态的相互结合并不是简单地创建出一种新范式，而是一个双方互动并达到双赢的选择。

那么，生态翻译到底受到生态语言学的哪些启发呢？众所周知，翻译研究的范式类型五花八门，但语言学研究范式一直都是最基础也是最关键的一种。翻译研究和语言学之间的关系是十分紧密的，无论是1959年对翻译研究做出突出贡献的布拉格学派代表人物Jakobson，还是分别在1965年和1981年发表翻译研究重要理论的伦敦学派代表人物Catford和Newmark，抑或是美国结构派的代表人物Quine（1959）、交际理论派的代表人物Wilss（1982）和Nida（1964）、德国功能派的代表人物Nord（1991）以及苏联语言学派的代表人物Fe．dorov（1953）和Barhudarov（1975）都曾使用过语言学研究范式。显然，应用语言学来研究翻译是可行的，所以生态翻译当然可以用生态语言学来研究。

那么，生态翻译的定义到底是什么呢？著名翻译理论家Michael

第七章　生态翻译与文学翻译的可持续发展

Cronin 在 2003 年出版的著作《翻译与全球化》中是这样阐述的：生态翻译就是"一种翻译实践，该实践控制着弱势语言的使用者和译者，该译什么，什么时候译，怎么译"。具体来讲，生态翻译其实就是在保证语言地位和文化交流处于平衡状态的情况下进行的翻译，但是由于政治和经济都能通过语言来描述，翻译之间不平衡的现象是比较常见的。

世界上的语言多如牛毛，自然不能混为一谈。为分清生物种类，人们将世界上的所有生物划分成种、属、科、目、纲、门、界，语言也可循此例被划分为不同的语系、语族，可谓百花齐放、琳琅满目。不同语言的使用者数量各不相同，汉语因中国人口众多成为世界上使用人数最多的语言，有些语言使用者极少，如鄂伦春语只在中国东北地区有 800 多人使用；俄罗斯的他法语使用人数已少于百人，在非洲和一些太平洋岛屿中使用当地语言的人更少。但是，语言并不会因为使用人数少就不属于语言，每一种语言都是整个语言大家庭不可分割的一部分，为世界语言的多样性贡献自己的微薄力量。如果将翻译比作科学，那它一定是一种有明显差别的科学，无差别就不会出现翻译，而且这种差别的存在与人们的喜好毫无关系。因为有了翻译，我们可以感受那些千万里之外的异域风情，我们好似站立在一幅巨大拼图的中央，周边每一块拼图都代表着一个独特的民族、一种不同的文化传统、一种不同的符号。

正因为语言具有这种独特的生态性，每种语言的发展情况各异，有的茁壮成长，开枝散叶，有的却慢慢枯萎，逐渐消亡，这是由语言的历史规律和自然规律决定的。如果某种语言由于人为原因或非自然原因消失，这就属于人为破坏语言生态，违反了自然规律。当前的全球化其实就属于人为破坏语言生态，在全球化中美国等发达国家占据主导，将英语确立为国际通用语言，这就导致一些不强势国家的语言的生存空间被挤压，严重破坏了语言生态平衡。

那么，如何做才能防止这种平衡被打破呢？翻译就是一种绝佳的方式。但想要解决这一问题，就需要翻译突破"动态对等""形式对等"等传统模式的束缚，选用异化翻译的新方式，脱离欧美中心主义的约束。Venuti 指出异化翻译能有效防止原文被民族中心主义篡改，尤其是在现在这种英语国家文化盛行的局面下，异化翻译能防止英语国家文化对本国文化的干预，使本国能对文化交流中出现的不平等现象说"不"。比如，在翻译具有中国特色的语言时可使用异化翻译，如"三顾茅庐"这一中国典故可译为"make three calls at the thatched cottage"，"三个臭皮匠，顶个诸葛亮"这一中国歇后语可译为"three cobblers with their wits combined, surpass Zhu Geliang"，成语"班门弄斧"可译为"show off one's skill with the axe before Lu Ban"，成语"望子成龙"可译为"long to see one's son to become a dragon"，等等，然后在旁边添加阐述其文化背景的注释，从而使原汁原味的中国传统文化在国际文化舞台上绽放光彩。此外，其他任何语言的翻译都与此类似。

翻译还需要积极面对那些非主流的、弱势的语言，每一种语言都代表着一种独特的文化倾向，这与语言相对论的内容是相同的。世界上的语言数不胜数，自然包含数以万计的文化倾向，但地域、国家的限制是阻碍各种文化相互交流的主要障碍，而翻译可以充当跨越障碍的桥梁，意义非凡。翻译可以帮助弱势文化获得更多的关注，吸引更多文化的注意，在文化交流中实现语言生态的健康发展。

四、生态翻译要求确保语言的生态性

处于国际视野下的生态翻译对语言的生态性同样十分重视，所谓语言的生态性就是语言的伦理性、清洁性、绿色性。所以，翻译过程中需要注意保持本民族语言的干净、绿色，直接舍弃其他语言中蕴含的非生态性。

所谓语言伦理，是指翻译过程中使用的语言要保证不违背主流意识形态和社会道德规范，绝对不能使用带有污染性的语句。所有社会、民族、

种族都具有语言伦理这一共同特征，它是人类使用语言的理想化状态。但是理想并非现实，而翻译需要面对的现实就是所有语言都包含污染。

（一）脏词、脏话慎用

从某种意义上讲，脏词、脏话这类语言的存在是合理的，因为它是人释放精神压力、发泄愤怒的有效途径；但它也是不合理的，因为它可能会破坏人与人之间以及国与国之间的和谐关系，甚至使其兵戎相见。所以，译者在翻译过程中要注意把握尺度，权衡利弊，量体裁衣，尽量对脏话进行变译，采用以译入语文化为导向的归化翻译。

对于那些可能引发性联想的语句一定要注意尺度，对于那些直接描绘性活动的语句要果断摒弃。我国在外国文学的翻译方面有一条不成文的规定：简化所有性描述，如翻译电影脚本时发现性描述直接删减。但随着全球化程度的不断加深，各种文学性描述的翻译已经变得十分直白，但正统文学的翻译绝不能放弃自己生态性的翻译原则。

（二）广告语言选用

广告语言中最常应用的方式是谐音双关，但近几年，一些广告所用的谐音双关性暗示过于强烈，要注意尺度，在翻译过程中，面对伦理和忠信的取舍时应选择前者。

全球化的表现并不局限于政治和经济方面，在翻译上也有明显表现。如今，保护环境，实现可持续发展的理念深入人心，语言作为生态系统的重要组成部分自然也应对保护自身地位和内部环境引起重视。想要保护语言的道德伦理和生态平衡，就要保护语言不受污染，换言之，生态翻译的生态性就是对语言最强的保护措施。弱势语言逐渐边缘化并不是自然规律导致的，而是人为因素导致的，这可以通过翻译来改变，翻译能帮助它们重新回到应有的位置。处于全球化背景下的生态翻译不仅能维持自然生态的平衡，还能使不同的语言富有自身的鲜明特色，同时增进不同国家和地区的友好交流和沟通。

第三节　文学翻译生态系统的可持续发展

如今，生态翻译学的国际影响力越来越大，引起了很多专家学者的注意，在国际学术界引发了一股研究热潮，其研究范式也获得了飞速发展。从某种程度上来讲，生态翻译学可以称为在欧洲语境之外成长起来的"原创"的翻译理论，它的自然生态和翻译生态的同构隐喻，属于从生态角度对翻译进行深层研究的研究范式。这种研究范式以生态整体主义为理念，以东方生态智慧为依归，以"适应选择"理论为基石，系统探讨翻译生态、文本生态和"翻译群落"生态及其相互关系和相互作用，致力于从生态视角对翻译生态整体和翻译理论本体进行综观和描述。这种生态翻译学研究是从中国开始的，意味着中国的翻译学在翻译理论中拥有了更大的话语权。从这个层面看，这种理论的出现代表我国重新掌握了翻译理论的发言权。

从生态角度综观和整合翻译研究可能会为翻译学的发展开辟一条全新的道路，开阔译者的学术视野，发散译者的理论思维，使翻译研究的表达方式和理论话语变得更加丰富，很可能推动翻译学研究突破当前阶段进入下一阶段，即人们开始依靠高效率、多功能的解释系统来观照译学，而非一味地依靠某一学科。生态翻译学的研究和发展使东方学界和西方学界拥有了进行平等对话的"条件"和"话题"。当东方学者和西方学者拥有共同"话题"时，就意味双方可以在某个平台或窗口进行探讨、辩论。纵观翻译发展史，西方翻译理论始终优先于东方翻译理论，东方人特别是亚洲人只能充当西方翻译理论的"实践者""求证者""译介者""追随者"等，甚至有人说"亚洲人在多数情况下都扮演着西方人'缓慢的跟随者'（slow follower）的角色"，"亚洲的翻译研究总是在西方翻译研究规范的操纵下发展的"。在这种局面下，生态翻译学作为

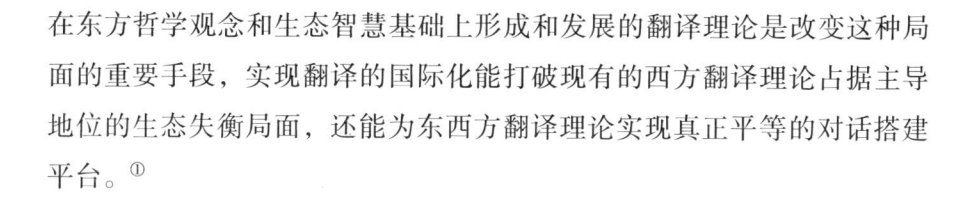

在东方哲学观念和生态智慧基础上形成和发展的翻译理论是改变这种局面的重要手段,实现翻译的国际化能打破现有的西方翻译理论占据主导地位的生态失衡局面,还能为东西方翻译理论实现真正平等的对话搭建平台。[1]

一、文学翻译生态系统应充分发挥审美性功能与社会功能

在全球化背景下,文学翻译的地位和价值发生了一些变化,文学翻译商业化、娱乐化的趋势越来越明显。我们在文学翻译实践中可以借鉴生态学中有关生态系统的原理,从文学翻译的地位和功能、环境因素、主体身份等方面,强调文学翻译系统可持续发展在定位文学翻译、维持文化和文学多样性中的作用,平抑过多的来自商业等环境的影响和干扰,发挥文学翻译的多种价值和功能,同时注意译者作为文化的传播主体对文化态度和翻译策略的选择等。

我们可以对生态系统实现可持续发展的某些必要条件进行研究和参考,从中发掘或推演文学翻译的未来发展,然后从翻译的主体身份、环境因素、功能地位等方面对如今身处全球化发展背景下的文学翻译系统进行全方位的考察,判断它能否在将来实现可持续发展。

文学翻译生态系统属于文化生态系统的一种,自然需要持续地完善和发挥自身独特的功能,这是与自然生态系统一致的,但不一致的是,文学翻译生态系统的功能不仅包含对译作的文学审美功能,还包括文化交流、宣传意识形态等社会功能。文学翻译在发展之初就承载着创建精神文明、塑造意识形态、启蒙思想等社会功能。如今,文学翻译身处全球化背景下,市场化程度不断加深,各类翻译作品具有的文学价值以及提升读者人文素养、培养读者人文精神的意义逐渐消失,充当娱乐、消遣的文化消费品反而成为主流。文学翻译生态系统所具备的种种社会功

---

[1] 孔慧怡,李承淑.亚洲翻译传统与现代动向[M].北京大学出版社,2000:5.

能，如"载道""明道""思想启蒙"等都依赖于文学作品蕴含的人文性、思想性和情感性。因此，从属于民族文学的文学翻译虽然具有多种功能和价值，但其中最主要的仍然是文学价值。

文学系统是一种开放的、动态的系统，当其持续丰富文学形式库，并通过文学翻译的方式广泛地吸收其他各类文学作品的优势时会自动进行遗传和变异的演替。当然，文学翻译的翻译过程、传播过程以及译作被接受的过程与当时的文化、经济、社会、政治环境紧密相连。因此，文学翻译生态系统只有将审美性功能与其他各种社会功能进行融合，才能真正发挥其审美价值，才会成为较完善的可持续发展的系统。

比如，中国的文学翻译系统在1949年到1966年这十七年的时间里就曾翻译了大量的亚非拉文学和"俄苏"文学，翻译作品都属于"无产阶级革命文学"和"进步的革命文学"。这段时间被称为"十七年时期"，其间由于中国和俄苏之间关系更为亲近，中国文学自然与俄苏文学的交流更加密切，在文学理论、文学创作、文学翻译以及文学批评等方面受其影响更深。[①]文学翻译在这一时期并没有发挥文学的审美性和娱乐性功能，主要是为政治服务，政治功能更为明显。由于此时期的文学作品类型单一，说明文学翻译系统功能并不完善。

到20世纪80年代和90年代，中国的文学迎来发展的黄金时期，文学翻译也开始显露多样化特征，"不仅空前地撞击了中国文学，迅速告别'伤痕文学'，衍生出'寻根文学'和'先锋文学'，迅速完成政治与美学的多重转型，而且在解放思想方面起着某种先导作用，从而为我国的'改革开放'提供了文化支持"。[②]一般情况下，文学翻译作品的核心价值应该是文学性，但为保证传播还要具备一定的市场性，即包含教育、认识、娱乐、审美等功能。如果译入语文学系统能从译作中提取到新的文学形式或异质元素，那这本译作就属于优秀译作，具有较高的价

[①] 陈南先.俄苏文学与"十七年中国文学"[D].苏州：苏州大学，2004：102.
[②] 陈众议.外国文学与中国文学三十年[J].当代作家评论，2009（1）：15-21.

值。一般来讲，文学翻译的选材应该保证多样化，只有这样才能保证文学翻译生态系统能同时具备审美功能、启示功能及社会功能，才能避免系统功能因过于单调导致僵化。

二、文学翻译生态系统应激励译者的主体意识

文学翻译能影响译入语文学和文化主要是因为文学翻译具备异质因素，至于这些异质因素能否全部进入文学系统中，能否发挥其作用，取决于所有翻译主体的身份和作用，还要经受译入语文化和文学翻译生态环境的多重筛选。不同翻译主体之间的和谐共生的关系能保证所有主体最大限度地发挥自身的主体意识、主体作用以及创造性，从而保证文学翻译生态系统实现效益最大化。

译者在对世界优秀文化进行译介时，可选择恰当的翻译策略，开阔欣赏者和普通民众的视野，推动不同文化展开平等的交流和融合，在本民族文化不受影响的前提下，进行多维度的适应与选择。从原则上讲，译者在翻译过程中会自动对不同方面、不同层次的翻译生态环境进行多维度的适应，从而做出适应性选择。在翻译的所有主体当中，翻译对译者的要求更高，因为译者需要对原文有一个全面、精准的理解，对翻译生态环境有一个恰当的评定，还需要扮演不同的角色，如译评者、协调者、委托者、资助者、出版者、读者、作者等。[1]译者充当协调者时，可通过选择翻译策略以及翻译生态环境展现自身的主体性和文化身份。译者在文化立场上必须清楚自己的身份，如地域身份、民族身份、国家身份等，在选择翻译策略时必须选择那种能将语言字面意思转换、延伸为对本土文化内涵的阐述的策略，只有这样才能保证本民族的文化能革故鼎新、与时偕行。[2]在当前全球化背景下，韦努蒂提出翻译策略应尽量

---

[1] 胡庚申.翻译适应选择论[M].武汉：湖北教育出版社，2004：153.
[2] 张景华.全球化语境下的译者文化身份与汉英翻译[J].四川外语学院学报，2003(4)：126-129，147.

选择异化方式，异化翻译能最大限度地保留原文的文化和语言的特殊性，使译作读者真正体验其他文化的独特魅力，还能使目标语的文化和语言变得更加丰富，尽量满足目的语读者感受异族文化的需求。

全球化不但加深了国与国之间的交流，对文学和文化的相互交流也起到很好的促进作用，使得文化翻译逐渐成为社会常态。如今，我们不但要保证自己民族的文学和文化不受侵害，还要通过文学翻译参考和借鉴其他民族的文学和文化，丰富本族文化，为本族文化的创新和发展开辟一条新路径。如今的文学翻译已经不再是传统那种只具有文学审美功能的翻译，而是包含娱乐性、商业性等的多功能翻译。文学翻译生态系统想要实现可持续发展，应以文学审美功能为核心不断扩展和完善其他功能。当翻译生态环境形成时，该系统的各个主体应主动进行适应和选择，从而保证文学翻译向正确的方向发展。

三、文学翻译生态系统应解决好文学作品由谁译的问题

文学翻译是文学作品从单一语言系统转变为多种语言系统的重要方式。某国文学要想走向世界并保证译介效果，总会面临一个核心问题——"由谁译"。一般情况下，将某国文学翻译成外国语言往往是引进国的热情使然，也就是说文学作品的翻译是译入语国家的事，译入语国的译者只需清楚本国的人想读和要读哪种类型的作品，然后翻译即可。这远比非译入语国译者在翻译后再到该国售卖要好得多，这一点在历史上已经得到了证明。所以，文学翻译需等待引进国的读者想读的热情高涨起来再进行。2012年，中国作家莫言先生获得诺贝尔文学奖，除了他的作品所具有的鲜明的本土化气息、富含魔幻现实主义的人文情怀和根据其作品《红高粱家族》拍成的电影《红高粱》的传播效应等因素外，传神贴切的莫言作品译本可谓功不可没，这也使莫言作品的英语译者葛浩文（Howard Goldblatt）获得了公众的广泛关注。葛浩文是美国著名

第七章 生态翻译与文学翻译的可持续发展

的翻译家,在整个西方汉语文学翻译界称得上是首席,他是西方国家翻译莫言作品的主要译者。虽然有些人认为他的中国文学译作都具有一定的英美文学外观,但他翻译了大量中国现当代文学作品,为中国文学声震海外立下了汗马功劳。

文学翻译的译者主体选择并非一个陌生的问题,随着各国文化交流的深入,最近几年这个问题再次成为热点。讨论这个问题之前,我们先要弄清楚翻译的方向(directionality)。翻译的方向指的是译者在翻译过程中到底是将外语翻译成母语(译入),还是将母语翻译成外语(译出)。首先,无论是译入还是译出都是译者在理解和表达原文时自由选定的方向。理解对翻译来讲是基础和先决条件,而表达对翻译来讲就是内容与核心,只有精妙绝伦的表达才能完整再现原文的内容和感情,这变相地说明译者的表达和理解能力密不可分。其次,无论是译入还是译出都有一定的侧重。一般情况下,译入的主要难点在于对原文有精准的理解,在表达上相对自然、简单;而译出刚好相反,理解原文并不困难,难点在于如何消除译语的晦涩难懂之处。解决这个问题最好的办法就是由双语译者翻译,即译者同时精通母语和外语。但现实是大部分译者都只精通母语。因为母语是译者接触时间最久的,自然对其有敏锐的、独特的感觉,对外语则差一些。所以,从某种程度上讲,西方翻译界一直讲求的母语翻译原则是正确的。文学翻译中的文学意味着译作要具有感染力和美感,这自然对译者的审美能力和语言水平提出了更高的要求。

文学翻译首先需要解决的问题就是明确译作读者的成分,这里应站在译入语文化的立场上分析,只有这样才能保证译作能吸引读者,从而引发情感共鸣。外国译者和中国译者相比更容易感知和体悟到译入语的语言和文化,自然更清楚读者的需求和兴趣,从而对症下药、量体裁衣,最终获得读者的喜爱。但是,这只是一方面,如果我们能够全面、详细地阅读这些译文,就会清楚葛浩文所说的"只有中国人才能完全理解中国文字,不管译者多么技巧纯熟,外国人依然永远无法完全理解中国作品"①。从葛浩文的这句话不难看出，再杰出的汉学家在翻译中国文学作品时也难免会犯理解性的错误，当然这完全不涉及译者的个人风格和翻译策略，只能说是白璧微瑕了。

四、文学翻译生态系统应重视合作翻译

所谓合作翻译，就是不同资源或个体相互配合进行翻译。从杨宪益、戴乃迭夫妇合作翻译的中国名著《红楼梦》到詹奈尔和汤博文合作翻译的《西游记》，再到沙博理与叶君健、汤博文合作翻译的《水浒传》，罗慕士和任家祯合作翻译的《三国演义》，无不凸显着合作翻译的价值。提到合作翻译，资深法语翻译家唐家龙一语道破其重要性："中国文学作品，如果没有外国改稿员的配合，我根本不敢译，我翻译好以后，都是让法国的改稿员看。"著名汉学家费乐仁（Lauren Pfister）也坦言："翻译不只是翻译，也是一个学习的过程，一个合作的过程。"②

从历史层面来看，想要将诞生在某一文化区域的概念、思想、文本传播到另一文化区域，只靠简单的平行移动是办不到的，需要另一区域的知识分子将其从原文化区域的意义网络中剥离出来，然后融入本区域文化，经过消化、吸收后才能实现。这样一个去脉络化—再脉络化的脉络性转换是文化交流史的基本特征，它的一个直接的结果就是生成新的含义。③

当然，在时空坐标发生变化时，脉络性转换仍在继续，从而实现意义的生长性。具体到文学翻译，文本不存在一种不依赖任何解释的意义。

---

① 胡安江.中国文学"走出去"之译者模式及翻译策略研究——以美国汉学家为例[J].中国翻译，2010（6）：10-16，92.
② 费乐仁，可凡，姚珺玲.费乐仁谈典籍翻译与中西文化交流[J].国际汉学，2012（1）：11-15.
③ 黄俊杰.从东亚儒家思想史脉络论"经典性"的涵义[J].中国哲学史，2002（2）：35-47.

译者作为与作者身处不同历史环境、文化模态、语言框架中的解释主体，对于同一信息自然会生成不同的理解。当我们对霍克斯英译本《红楼梦》、庞德英译本《诗经》、理雅各英译本《易经》以及宇文所安英译本《中国文论：英译与评论》进行详细的阅读后会发现，西方人对中国文学的翻译存在有别于中国人译作的特殊价值。严复舍弃忠实准确的"论自由"，而以"群己权界论"取而代之作为译作的书名也是同样的道理。

我们对于译者主体和翻译方向的讨论并不是为了采用某种方式使翻译出的译作能与原文如同镜像刻录一般（且不说这样的文本是否存在），我们只是想帮助译者翻译出能被读者接受并满足读者需求的译作。同时，根据文学翻译史以及译入和译出的特点可知，想要提升翻译成效，保证中国文学走向世界，最有效的途径就是合作翻译。另外，想在译入语语境中再现原作的所有内容是根本不可能实现的，这样做只会让读者远离译作。基于当下文学翻译生态失衡的现状，合作翻译模式可以帮助源语文化系统和译入语文化系统最大限度地整合，有助于增强译本在译入语体系中的兼容性。更进一步地讲，如果我们认同当前不同语言之间实际存在的话语不平等现象，也清楚我们需要积极寻找中国文学和异国读者接受习惯之间的契合点，同时对合作翻译的实际意义引起重视，也许更能促进文学翻译的可持续发展。

五、文学翻译生态系统应注重影视作品对文学作品及其译本的"反哺"

中国文学具有丰富的内涵，可以充当中国影视等文化产品的素材，而影视作品又能对中国文学作品的原作和译作形成"反哺"，增加其市场价值。我们应该看到影视作品对文学作品及其译本的"反哺"作用，以期更好地促进文学翻译的可持续发展。

生态学视角把文学翻译研究带入了一个更为广阔的学术视野，为文学翻译研究向跨学科、多学科发展提供了可能。作为21世纪刚刚兴起的一种全新的翻译理论研究方法，尽管生态翻译学在研究理念、研究方法以及相关理论架构等方面还不够成熟和完善，但它的出现是翻译学研究发展新趋势的一种体现，也是社会文明转型在译学研究方面的一种反映。生态翻译学的出现和发展说明，翻译学的研究视域已由过去单一的学科研究转向跨学科、多学科研究。生态翻译学强调译者在文学翻译活动中的主体地位，也强调维持文学生态翻译系统中各个要素间平衡关系的重要性。在生态翻译学视域下，译者应该站在保护全球文化生态的高度，通过源语文本和译入语文本间语言维、文化维和交际维的三维转换，在源语文化与目的语文化、源语作者和译语读者间建立起互动、和谐以及良性发展的生态翻译体系，从而在世界范围内保护文学翻译系统的生态平衡。

参考文献

[1] 耿秀萍.生态翻译学及批评体系研究[M].长春：吉林人民出版社，2017.

[2] 张颖.生态翻译学理论与应用研究[M].长春：吉林人民出版社，2020.

[3] 王晓忆.生态翻译学背景下英美作品翻译比较创新[M].长春：吉林出版集团股份有限公司，2021.

[4] 贾延玲，于一鸣，王树杰.生态翻译学与文学翻译研究[M].长春：吉林大学出版社，2017.

[5] 韩竹林，果笑非.生态翻译学及其应用研究[M].哈尔滨：哈尔滨工程大学出版社，2015.

[6] 胡庚申.生态翻译学：建构与诠释[M].北京：商务印书馆，2013.

[7] 盛俐.生态翻译学视阈下的文学翻译研究[M].广州：暨南大学出版社，2014.

[8] 许建忠.翻译生态学[M].北京：中国三峡出版社，2009.

[9] 岳中生.生态翻译学理论应用研究[M].北京：中国水利水电出版社，2018.

[10] 胡庚申，宋志平，孟凡君，等.生态翻译学研究[M].北京：外语教学与研究出版社，2014.

[11] 张杏玲.生态翻译学视域下彝族文化的外宣翻译研究[M].北京：中国

社会科学出版社，2018.

[12] 邢嘉锋.认识翻译学：理论与应用[M].苏州：苏州大学出版社，2018.

[13] 徐晓飞，房国铮.翻译与文化：翻译中的文化建构[M].上海：上海交通大学出版社，2019.

[14] 华先发，杨元刚.翻译与文化研究(第十辑)[M].武汉：武汉大学出版社，2017.

[15] 冯曼.翻译伦理研究：译者角色与翻译策略选择[M].武汉：武汉大学出版社，2018.

[16] 陈建平，等.应用翻译研究[M].苏州：苏州大学出版社，2013.

[17] 苗福光.文学生态学：为了濒危的星球[M].上海：复旦大学出版社，2015.

[18] 王英鹏.跨文化传播视阈下的翻译功能研究[M].上海：上海交通大学出版社，2016.

[19] 楚军.语言·文学·翻译研究(第四辑)[M].成都：电子科技大学出版社，2019.

[20] 周淞琼.英美文学与翻译研究[M].西安：西安交通大学出版社，2017.

[21] 王平.文化比较与文学翻译研究[M].成都：电子科技大学出版社，2018.

[22] 姚丽，张晓红.文学翻译的多视角研究[M].北京：中国书籍出版社，2018.

[23] 冯文坤.语言·文学·翻译研究[M].成都：电子科技大学出版社，2016.

[24] 唐根金，温年芳，吴锦帆.MTI系列教材：非文学翻译教程[M].上海：上海大学出版社，2016.

[25] 王平.文学翻译理论体系研究[M].成都：电子科技大学出版社，2017.

[26] 朱潘欣灵.基于多体裁的英语文学翻译[M].长沙：湖南师范大学出版社，2018.

[27] 王向远. 译文学：翻译研究新范型 [M]. 北京：中央编译出版社，2018.

[28] 刘重德. 文学翻译十讲（英中文版）[M]. 长沙：湖南师范大学出版社，2018.

[29] 王平. 文学翻译审美范畴研究 [M]. 成都：电子科技大学出版社，2016.

[30] 张秀英，罗金. 文学翻译核心理论与方法实践 [M]. 成都：电子科技大学出版社，2019.

[31] 王洪涛. 文学翻译研究：从文本批评到理论思考 [M]. 杭州：浙江大学出版社，2018.

[32] 王平. 文学翻译风格论 [M]. 成都：电子科技大学出版社，2014.

[33] 陈雪松，李艳梅，刘清明. 英语文学翻译教学与文化差异处理研究 [M]. 西安：西安交通大学出版社，2017.

[34] 袁筱一，邹东来. 文学翻译基本问题 [M]. 上海：上海人民出版社，2011.

[35] 张永喜. 从文学翻译到文化翻译——王佐良翻译思想与实践研究 [M]. 南京：江苏人民出版社，2014.

[36] 郑海凌. 文学翻译学 [M]. 郑州：文心出版社，2000.

[37] 王平. 文学翻译探索 [M]. 长春：吉林人民出版社，2005.

[38] 梁志芳. 文学翻译与民族建构：形象学理论视角下的《大地》中译研究 [M]. 武汉：武汉大学出版社，2017.

[39] 蔡新乐. 文学翻译的艺术哲学 [M]. 开封：河南大学出版社，2001.

[40] 段初发. 文学与翻译论稿 [M]. 北京：中国传媒大学出版社，2005.

[41] STRASSBERG R.E. Inscribed landscapes：Travel Writing from Imperial China[M]. Berkeley：University of California Press，1994.

[42] 胡庚申. 翻译适应选择论 [M]. 武汉：湖北教育出版社，2004.

[43] 徐英才. 英译唐宋八大家散文精选 [M]. 上海：上海外语教育出版社，2011.

[44] 翟满桂. 一代宗师柳宗元 [M]. 长沙：岳麓书社，2002.

[45] 李艳云.生态翻译学视角下儿童文学翻译中译者的适应性角色[D].呼和浩特：内蒙古师范大学，2021.

[46] 林铌.从生态翻译学角度看文学翻译[D].福州：福建师范大学，2018.

[47] 廖灿.文学翻译的生态适应与选择[D].湘潭：湘潭大学，2013.

[48] 张芳.晚清译写策略的生态翻译学研究[D].长沙：长沙理工大学，2013.

[49] 刘爱华.译者与翻译生态环境：文学译者批评的理论探索[D].济南：山东大学，2012.

[50] 郭兰英."适者生存"：翻译的生态学视角研究[D].上海：上海外国语大学，2011.

[51] 李琪.生态翻译学视角下文学翻译策略研究[J].环境工程，2022（1）：71-73.

[52] 李姝惠.生态翻译视角下文学翻译教学研究——评《翻译教学原理及其文学应用研究》[J].高教探索，2019（9）：4.

[53] 沈晴娜.译者对文学翻译中"翻译度"的把握——从生态翻译视角看译者的适应选择[J].海外英语，2019（1）：115-116.

[54] 宁云中.生态翻译视角下文学翻译与教学动态平衡构建及其途径[J].课程教育研究，2017（47）：256.

[55] 宁云中，李海军.生态翻译视角下文学翻译教学研究[J].武陵学刊，2017，42（6）：135-138.

[56] 任桐玉.生态翻译视角下的中国文学翻译策略[J].校园英语，2017（41）：237.

[57] 王露.生态翻译视角下的中国文学翻译[J].海外英语，2017（13）：122-123.

[58] 李彦鸿，周文娟.中国翻译的核心问题及生态新视角[J].黑龙江教师发展学院学报，2022（2）：119-121.

[59] 方梦之.再论翻译生态环境[J].中国翻译，2020（5）：20-27，190.

[60] 果笑非.中国文学海外传播的生态翻译学研究[J].学术交流,2015(8):198-203.

[61] 王恒.文学翻译伦理的生态解读[J].长春理工大学学报(社会科学版),2015(5):113-117.

[62] 李斌.生态翻译学视角下网络文学翻译研究[J].时代文学(下半月),2014(12):89.

[63] 郜万伟.文化构建的生态翻译途径[J].石家庄铁道大学学报(社会科学版),2014(2):32-36.

[64] 旷爱梅.文学翻译中视觉思维的生态翻译学诠释[J].桂林师范高等专科学校学报,2014(2):126-129.

[65] 武宁.生态翻译学视角下译者主体性的彰显[J].吉林广播电视大学学报,2012(8):32-33.

[66] 王甜丽.生态翻译理论指导下外宣翻译的标准[J].商业文化(上半月),2012(1):327-328.

[67] 钱春花,宁淑梅.译者生态翻译行为影响要素研究[J].语文学刊(外语教育与教学),2011(10):62-64.

[68] 王宁.生态文学与生态翻译学:解构与建构[J].中国翻译,2011(2):10-15,95.

[69] 穆婉姝,程力.生态翻译学视域下的鲁迅翻译思想[J].东北师大学报(哲学社会科学版),2010(5):115-118.

[70] 丁立福,方秀才.论中国人名拼译的理据[J].解放军外国语学院学报,2011,34(1):68-73,128.

[71] 郭柏寿,成敏,杨继民,等.中国人名和地名的汉语拼音在科技论文英文翻译中拼写的审视[J].中国科技期刊研究,2014,25(5):642-644.

[72] 胡德生.浅谈历代的床和席[J].故宫博物院院刊,1988(1):67-74.

[73] 胡庚申.从"译者主体"到"译者中心"[J].中国翻译,2004(3):

10-16.

[74] 胡庚申.翻译适应选择论的哲学理据[J].上海科技翻译,2004(4):1-5.

[75] 胡庚申.例示"适应选择论"的翻译原则和翻译方法[J].外语与外语教学,2006（3）:49-52,65.

[76] 胡庚申.适应与选择:翻译过程新解[J].四川外语学院学报,2008,124（4）:90-95.

[77] 胡庚申.从术语看译论——翻译适应选择论概观[J].上海翻译,2008,95（2）:1-5.

[78] 胡庚申.生态翻译学解读[J].中国翻译,2008,29（6）:11-15.

[79] 胡庚申.生态翻译学:产生的背景与发展的基础[J].外语研究,2010,122（4）:62-67.

[80] 胡庚申.从"译者中心"到"译者责任"[J].中国翻译,2014,35（1）:29-35,126.

[81] 胡庚申.若干生态翻译学视角的应用翻译研究[J].上海翻译,2017,136（5）:1-6,95.

[82] 胡庚申.生态翻译学的理论创新与国际发展[J].浙江大学学报（人文社会科学版）,2021,51（1）:174-186.

[83] 林宝煊.谈"名从主人"与"约定俗成"[J].外语学刊,1998（4）:78-81.

[84] 梁赤民.谈中国地名英译的统一[J].安徽工业大学学报（社会科学版）,2010,27（4）:67-68.

[85] 连真然.论《中国地名汉英翻译词典》的翻译原则[J].中国科技翻译,2012,25（4）:44-47.

[86] 贾中恒.转述语及其语用功能初探[J].外国语,2000（2）:35-41.

[87] 丘光明.唐代权衡制度考[J].文物,1991（9）:86-92.

[88] 童兆升,卢志宏.散文语言的音乐美与翻译[J].山东外语教学,2009,30（1）:89-93.

[89] 王燕, 王金波. 译名问题初探[J]. 外语教学, 2005（4）: 81-84.

[90] 辛斌. 新闻语篇转述引语的批评性分析[J]. 外语教学与研究, 1998(2): 11-16, 82.

[91] 张福昌, 张寒凝. 折叠及折叠家具[J]. 家具, 2002（4）: 13-19.

[92] 张建理. 汉语"心"的多义网络: 转喻与隐喻[J]. 修辞学习, 2005（1）: 40-43.

[93] 赵晓驰. 跨语言视角下的汉语"青"类词[J]. 古汉语研究, 2012, 96(3): 73-79, 96.

[94] 曾维华. 论胡床及其对中原地区的影响[J]. 学术月刊, 2002（7）: 75-83.